山本周五郎
戦中日記

山本周五郎

ハルキ文庫

角川春樹事務所

目次

一九二六年、二十二歳で「文藝春秋」に発表した『須磨寺附近』で
文壇デビューした山本周五郎は、
発表誌も増え、作家としての地位を徐々に固めていった。
一九三一年には妻きよえとともに、
作家たちが多く暮らしていた東京大森の〝馬込文士村〟に居を構える。
己の筆一本で家族を養う充実した暮らしのさなか、
一九四一年十二月八日、日本軍は真珠湾を奇襲、太平洋戦争が始まった。
この開戦を、周五郎は三十八歳、
長男篌二《こうじ》・十歳、長女きよ・八歳、次女康子《やすこ》・六歳で迎える。

＊本書は、二〇一一年十一月に小社より単行本として刊行した『山本周五郎 戦中日記』を文庫化したものです。山本周五郎直筆の日記のうち、一九四一年（昭和十六年）十二月八日から一九四五年（昭和二十年）二月四日までを全文収録しました。歴史的仮名遣いは新仮名遣いに改め、旧漢字は新漢字に改めました。原則として表記の統一はせず、作者の書き癖の顕著な箇所・脱字等の窺える箇所には《ママ》とルビを振りました。編註として構成上の註を〔 〕内に、読解上の註を本文中＊をつけた語の当該日末に記しました。また、文庫版編集にあたり難解な副詞等を平仮名に置き換え、ルビを増やしました。

山本周五郎　戦中日記

昭和十六年

1941

【主な出来事】

四月　小学校を国民学校に改称
　大都市に米穀配給通帳・外食券制実施
六月　独ソ開戦
八月　米政府、対日石油輸出を全面禁止
十月　ゾルゲ事件
　東条英機内閣発足
十二月　太平洋戦争開戦（日本軍真珠湾等攻撃）

【山本周五郎の周辺】

一月　『少女の友』に「鼓くらべ」発表
三月　『講談倶楽部』に「笠折半九郎」発表
四月　友人の作家・石井信次死去
十月　短篇集『奉公身命』刊行
十一月　短篇集『夜明けの辻』刊行
十二月　『陣中倶楽部』に「討九郎馳走」発表

十二月八日

午前十一時、米、英に対し宣戦布告の大詔下る、海軍は午前三時、大編隊機を以《もっ》てホノルルを空襲、グワム、ウェーク、香港、シンガポール、攻撃、ハリイには陸軍輸送大船団を発駐す。上海に於《おい》て、英艦一を撃沈、米艦一降伏、ラジオ時々刻々ニュースを報ず。

統《ママ》火管制に入る、月明。

昭和十七年

1942

【主な出来事】

一月　日独伊軍事協定調印
二月　日本軍、シンガポール占領
四月　米軍B-25爆撃機による本土初空襲
　　　第二十一回総選挙（翼賛選挙）
六月　ミッドウェー海戦を機に戦局不利に
八月　米軍、ガダルカナル島に上陸

【山本周五郎の周辺】

三月　短篇集『内蔵允留守』刊行
六月　『婦人倶楽部』に「松の花―紀州婦道の巻」発表（「日本婦道記」連載開始）
七月　『譚海』に「江戸の土圭師」発表
十月　『婦人倶楽部』に「梅咲きぬ―加賀藩の女性」発表
十一月　短篇集『武家太平記』刊行
十二月　『婦人倶楽部』に「箭竹―岡崎藩の女性」発表

二月十八日

昨夜ひと夜、原因不明の三叉《さんさ》神経痛に悩まされて眠れなかった。斯《こ》ういう痛みは多く悪性脳腫脹からくると云う。もしそうだとすれば治療の法がなく、ただ死を待つばかりだそうだ。

この一日の雪の日にはじまるこの痛みは、単なる歯齦《しぎん》膜炎から来たものかどうか、まるで判断がつかぬため、昨夜は徹宵《てっしょう》「死」の恐怖と闘わざるを得なかった。妻を思い、子を思うと、ただそれだけのためにでもまだ死ねない気がする。本郷《ほんごう》の兄[*1]が悪性脳腫で死んだばかりだから、恐怖感はぬきさしならぬ烈《はげ》しさだ。死ぬことは、それ自体さして怖ろしいとも重大だとも思わない、ただ妻と子たちのためにもう少し生きなければならぬと思うと、苦悶《くもん》のために幾度も全身拭うような汗だった。

今朝パピナール[*2]の注射をした。午后《ごご》から客があり、吉沢の原稿のギリギリのものをも書かねばならず、神身《ママ》ともまいった感じである。——二、三日うちに北園《きたぞの》君[*3]の学校（歯科）を訪ねて、歯齦のレントゲン診察をたのもうと思う。

三月十三日

今年は春の来るのが遅く、庭の梅がようやく今五分ばかり咲いた。昨日は一郎[*1]が来たので、可留面で麦酒《ビール》をあげて別れた。今日は秋山[*2]に起され、朝食を共にせし后《のち》、「そが物語」借用に戸越《とごし》[*3]へゆく。「其角《きかく》全集」を持参して三悳《さんとく》[*4]に贈る。

己を制して世に順応すべきか。己を押して世を無視すべきか。この日ごろ、この一事のみ繰返しわが心を往来す。おのれ性未熟、学事疎慢にして、徒《いたずら》に驕傲《きょうごう》なるを知らぬには非《あら》ず。この性あって今日の足場を招来せることわれ独り知る也《なり》。これは「無理」なるや、——知らず、知らず。いまおのれはただおのれを嫌うの情切にして。世に順応せんとせざるとに関せずなおおのれを制すべしと思う。

樋口一葉を読んで思う。一葉は天才であった、当代にあってぬきんでた一人であろ

＊1　土生利吉。妻・きよえの兄。一九四一年没。
＊2　パビナール。アルカロイド系の鎮痛薬。
＊3　北園克衛。前衛詩人。当時、日本歯科大学の職員だった。

う、然《しか》しその作品はあきらかに前世代のものに属する。あの文章が一葉の才分を助けたがために、「濁り江」「たけくらべ」の名作ができたのではあるまいか。口語体がいま少し早く世におこなわれ、彼女がもし文体を変えなければならなかったと考えると、一葉文学はおそらく危殆《きたい》に堕《おち》ったのではあるまいかと思われる。彼女が好んで描くところの富豪の家庭、庭園の描写に於て特にその感がふかい。

　じんちょうげ更けおおせたる机かな

＊1　石田一郎。作曲家。馬込在住。後に「よじょう」誕生のきっかけを与えた。
＊2　秋山青磁。写真家、周五郎のまたいとこ。青児、省児との表記もあり。
＊3　「戸越」と書くときは大伯母（秋山の母）宅を指すことが多い。
＊4　内野三悳。後の「赤ひげ」のモデルとなった医師、俳人。戸越で医院（外科・産婦人科）を開いていた。

三月二十九日

朝から小雨、降りつやみつして暮れた。歯痛はまだ癒えない、昨日医師に歯齦へコカインの注射をして貰ってから少し楽になり、今日は「悪い娘」を十三枚書いた。夕傾に省児が来た、「刀剣鍛煉《ママ》道場」の原稿を依頼される。――歯痛にはやりきれないが、そのおかげで仕事は出来るようだ。しかし少し根をつめると痛みだすので、騙《だま》し騙しやらなければならぬ。早く全快して呉《く》れたらと思う。

コカインに痺れし舌や桜餅
（高橋茂一、桜餅を届け来る）
はなれゆく心ごころや茱萸《しゆゆ》の花
梅咲きて散り終りても歯痛かな
モルヒネの惘然《もうぜん》と春小半日

四月六日　雨

　昨日昏《く》れがたまで吹いた南の強風が、夜に入ると共に北に変って寒くなった。今朝は早く、省児がハムを取りに来て、「日輪」の原稿依頼のためソ宅[*1]へゆく。机辺《きへん》に火を入れ、綿入袢纏《わたいればんてん》をひきかけて、マルセル・ヴレヴォーの「情人の手紙」を読む。感動。夜になってから矢田津世子の「茶粥《ちゃがゆ》の記」を読む。——終日小雨、いま十時をすぎて霰《あられ》となる。

（石井康子[*2]夫人来《き》んり、月の夜道を帰る）

夜ざくらや夫《つま》亡きひとの帰り道

帰りゆく独りの道のおぼろなる

海棠《かいどう》にみぞれとなりし夜更かな

春寒の夜半《よわ》にみぞれとなりしかな

＊1　ソ、そ、添等の記述は、長年の友人・添田知道《そえだともみち》をさす。

＊2　前年四月に亡くなった作家・石井信次の未亡人。家族ぐるみの付き合いがあった。

四月七日　晴、寒し

朝、省児来たる。原稿をみる、食事を共にす。鯉《こい》の卵と肝臓の佃煮を贈る、今月初めより浜松にてアサリの中毒事件あり、百余命《ママ》、死す、稀有《けう》なる毒素によるものとして医学界の問題となりつつある時、この佃煮の鯉浜名湖の漁するところとのことにて大《おお》に遅疑す。省児に托して内野医師の意見を求めしむ。——午后、「新国民」より女史原稿依頼のため来る。舞踊の話数刻。女史「あたくしなら一日に百円や二百円は費《つか》えます」と云いて笑う、「ぼろの出ないうちに帰りますわ」。

　春の帯つくづく老けし女かな

　春昼の冴えて寒きを留守居かな

四月十六日　曇・雨

「昌平黌《しょうへいこう》」定校はじめる。午后文吉*来る、省児来る。昨日より十枚。睡眠不足なれば早く寝る。

　山吹に降りくらしたる夕《ゆうべ》かな

＊森谷文吉。写真家、周五郎の質店徒弟時代の同僚。

四月十八日

　午后〇時三十分頃空襲警報発令。一時三十分頃、東方にて高射砲鳴りだす。見ると、五、七百米《メートル》ほどの高度で黄褐色に塗りたる双発爆撃機が来た。その周囲で高射弾が炸烈《ママ》する、黒褐色の煙がぽかりぽかりと浮きだす、敵機は我家の北東より北西に横傾しつつ飛びゆく。高射砲は四方から斉射するが狙いは正確でない、苛々《いらいら》して思わず「えい当らないかな」と叫んだ。機は右に傾きつつ丘上の人家のかなたへ去った。五分の后、再び北東より敵機が来た、我家の上に当る、今度こそと思っていると右へそれた。双眼鏡で見たが記号がわからない、無記号のようでもある。――バス通りの上空あたりで、追って来た戦闘機がうしろからのしかかった、「しめた、射落すぞ」と叫ぶ、てっきり空中戦かと見た刹那《せつな》、戦闘機はひらりと反転して飛去った。？　では味方の飛行機だったのか？　これも五、七百米の低空であった。――十分ほど后、五《ご》反田《たんだ》のへんに褐色の煙があがっていた。爆撃の煙ではないかと思う。

　たちまち噂がとびだした。ラジオ「敵九機を撃墜、味方の損害軽微なり」と云う者あり。「五反田、麻布《あざぶ》、荒川放水路」と三ヶ所盲爆されたという者あり、精《くわ》しくは夕刊に出るだろう。――初めて敵機を見た、恐怖を感じなかったと云っては嘘になる。然し恐怖よりも闘志の方が強かった事は事実だ。――四時解除、子供たちは戸納《とだな》の中へ入れて置いた。ヤス兵衛*が泣きだしたという。今度は裏の仕事部屋へ置こう。午后四時五十分

　ヤス兵衛が泣いたということに就《つい》て少し糺《ただ》してみると篌二《こうじ》もベソをかいたそうである、きよだけはシャンとしていたそうである。「敵機が来たといって泣くような者は支那人にも劣る」と云い聞かした、「空襲になったら（空のまもり）の歌でも元気よく歌っていなくてはいけない」と云った。するとヤス兵衛は「あたし飛行機の音が聞えたとき元気に歌をうたったわよ」と云う、篌二がへエーと笑って「あれは味方の飛行機じゃないか」ヤス兵衛は言下に「そうよ、味方のだって飛行機は飛行機じゃない

の」と答える、篌二はそれで言句に詰まってしまった。夕食の時

夜半、空襲警報にてとび起きる、遮光してあるからよいと思って電気をつけて支度をしていると、女房が裏の戸口をあけて「電気を消して下さい」と叱りつける。慌てて消灯して暗闇で身支度をし、表へとび出す。前の家でもその隣でも点灯している、そこで女房に叱られた分をとり返す「電気を消さないか！」。鈴木老、浅田ら出て来ている。「なん時です」「二時です」と話す声がみんな震えている。むろん恐怖のためではない、気候が冷えていたからだ。満天の星、探照灯も見えず。寒いので外套《がいとう》を重ねて立つ。午前四時解除。

子供たちは仕事部屋の方へ移し、予の寝床でごろ寝をしていた。

＊「ヤス兵衛」「康兵衛」等は、次女・康子をさす。

四月十九日　晴

午前八時起きる。今日は亡石井信次の一週忌《ママ》に当り、法会に参ることを約束してあ

ったが、四時に寝たままなかなか寝つかれなかったのでひどく睡《ねむ》い。斯様《かよう》な非常の時なので欠席しても悪くはあるまいと、いちど蒲団《ふとん》を冠《かむ》ったものの、やはり約束したことが気になって眠れそうにないため、思切って起きてしまう。横浜から藤沢へも廻《まわ》る手紙が出してあるので、帰りは晩《おそ》くなるし、殊によると泊って来るからと云い残して出掛けた。

省線の中でも頻《しき》りに昨日の話が出る、しかし車窓から見える風景は平和であり、玉川の鉄橋もちゃんとしている、パブリック・コオスではゴルファーがのんびりとキャディを伴にバットを振っている。まことに泰平であった。

磯子《いそご》に着いて切通しを登ったところで石井の老母に逢《あ》う、背負籠《しょいご》をせおっていた。二言三言挨拶を交わして別れる。――家には婦人客四五名先着。会釈して仏壇に向い焼香。石井の若い写真が飾ってあった。

康子が出て来たので、藤沢へ廻らなければならぬ事（石田の妹園生が大連《だいれん》へ帰るので）を告げて、寺で辞去すると断わる、それで皆とは別に、先へ墓参をすることにする。康子が線香の束と、阿枷《あか》を入れた薬壜《くすりびん》を持って出て来た。

墓地は屋敷の裏山にあった、丘のはずれを僅《わずか》に削った空地に石塔が二基。石井のものは小さな屋根を葺《ふ》いて位牌《いはい》が置いてあるばかり、まだ土饅頭《どまんじゅう》で、いかにもよい。「横浜劇作家協会」「神奈川県文化翼讃会」の花籠が飾ってある。木蓮《もくれん》のえんじ、花すおう、白きつつじ、みな新しい、康子のあげたものと思われる。

かなり強い風が、丘の下から吹きあげて来る、左手はすぐに崖でその下は畑地、農家がひと棟、麦畑は五七寸に伸びている、畑地の谷戸《やと》の向うには丘の若緑が眼に迫って鮮《あざや》かだった。――康子が線香の袋紙を燃して火をつける、予も手伝う。束が燃えだしたので、予が手で煽《あお》いで消そうとすると、康子がいきなり束を摑《つか》んだまま振り消した、あっと云うひまもなく、束は半分から折れてしまった、彼女は赧《あか》くなりながら「こんな事をしてしまって、生きていたら叱られるところです」と云う。一本ずつ拾って差し、半分になったのにも火をつけて土の中へ立てる。――康子に先へ帰って貰い、独りになって暫《しばら》く墓畔《ぼはん》に喫煙する。風がやや強く、人気もなく、丘の上の墓地はたぐいなく快かった。

大船《おおふな》の角田の母、康子の姉、妹みよ女と久闊《きゅうかつ》を交わす。角田の母と康子と三人、みんなより後れて話しながら歩く。――嘗《かつ》て亡き石井と歩き廻った田圃《たんぼ》がすっかり人家で埋まり、丘は切通しをつけ、道は坦々《たんたん》と八方に通じている。まるで見覚えもなき風景となっていた。

法事は型の如《ごと》し。老父清一郎氏と挨拶。茶を喫して立ち、廊下にて美代子を呼ぶ、「いい話を聞かしてあげましょうか、康子さんがねえ」（と便所の草履《ぞうり》を二度も落した話）をする。

「姉はたよりない身上になりました、本当に清水さんお一人[*1]を心から頼みにしていいます、どうか力になってやって下さいまし」と云われる、老母よりも、姉よりも同じことを云われる。

此処《ここ》にも昨日の敵襲の話。寺の少年が敵機の落し去った焼夷弾《しょういだん》を持って来て見せる。バットの箱を三つつないだほどの鉄葉の筒、先に燃焼した金属屑《くず》がついている。寺の裏山の林中に落ちて燃えていたのだという。——敵機はその山の裏にある火薬製造所を覘《ねら》って三四十の焼夷弾を投下したが、みな外れて谷戸の民家に落ち、三四軒全焼したとのことだ。

寺僧は「さる軍附《つ》きの軍人に聞いたのですが、横須賀はかなり被害がひどく軍艦にも破損があったのだそうです」と云う。流言のたぐいなるべし。

帰路、根岸橋へゆく道で人々と別れ、市電にて横浜駅へ向う。途中尾上町《おのえちょう》にて空襲警報が鳴る。街上ただならず動揺、藤沢行を断念して桜木町駅より大森へ帰る。

大森に着きて石段を登り、旧射的場のところまで来たとき、うしろから日吉早苗[*2]が追いついて来た。同じ電車で来たらしい、藤沢のなにごともなかりし事を話しつつ家に帰る。妻はこの騒ぎの中にて独り大掃除をし終えたるところ。ハムにて二人食事。日吉のズボンを買うため戸越まで往復《どう》す。

敵機のいずれより来しや、戦果奈何なりしや、軍の発表明確ならず。よって人々の不安は不必要なるほどに複雑深刻なり。報導《ママ》法拙劣。夜、警報なし。

＊1　周五郎の本名。清水三十六。
＊2　作家。当時藤沢中学校で英語教師をしていた。

四月二十日　曇、后、雨
午前中に警戒警報も解除。流言頻りに飛ぶ、大井町原に時計爆弾が埋没しあり、通行を止めて発掘中など云う、被害の例説紛々。いずれも信ずべからずと云いつつ口より口へ伝わる。軍報導の拙さに因する也。青児、玉川より牡丹《ぼたん》一枝使《つかわ》す、——夜に入りて添をいざない、カロリーにて食事す。しずかなる雨しきりなり、これより省児恵与の酒一盞《いっさん》して寝る、四五日来の睡眠不足をつぐのわんと思う。夜半。

四月二十一日　晴、風

午前十一時頃石井康子来る、法事の礼なり、卵、瓦煎餅《かわらせんべい》、ワッフル等土産《みやげ》、ヤス兵衛大いによろこぶ。対談中に新正堂より出版の話を持って社員来る、石井夫人は空襲が怖いからとて三時半に辞去。――そんな事はあるまいと無責任な返事をしておいたが、四時すぎになって突然空襲警報が鳴りだした。すぐ子供たちを家に呼び入れてラジオを掛けるがなにも聞えない。三時ごろ警戒警報が出ていると云う者あり、事実だった。空腹なのでとりあえず茶漬を食べ、眼鏡で空を見る。哨戒《しょうかい》飛行しきりなり、編隊にて縦横に烈風のなかを飛んでいる。敵襲は不意にあると思えるので、爆音のするたびに表へ出て見る。何事もなし、午后八時頃警・警報*が解かれた。「柴の折戸」三枚。

*警戒警報の略としての記述。

四月二十二日　晴

野口富士朗「風の系譜」を読む。伊藤至郎「鷗外論稿」を読みはじめる。智の集約に就て知る。仕事できず。

省児来る、潔*の妻産気づきて入院。此《この》日警報なし。

四月二十四日　晴

早朝入浴すぐ机に向う、きよ腹痛にて休校、午《ひる》までに恢復《かいふく》す。省児きたる、千代よりココア、バター届く。国史大辞典を求む、十余年ぶりにて此書を手にす。――鰯《いわし》ひさしぶりに入手、甘藷《かんしょ》と共にてんぷらにす。「柴の折戸」十五枚まで。一盞して寝る。

一昨日。十八日空襲し来れる米飛行士ら五名（南昌飛行場に不時着して捕虜となれるもの）空路入国せりと。八木のニュース也。（秘）。

*山本周五郎の弟・清水潔。

大井町原に落下埋没せる爆弾、一昨二十二日午后三時掘出せる由。辺周二百メートルの住民を立退《たちの》かして発掘せるもの也、（期間中、大井町、山王《さんのう》間のバス停止）その大《おお》きさポスト大なる由。黄色に塗れるもの、時計仕掛けには非《あらざ》るが如し。

四月二十五日　晴

「柴の折戸」脱稿。省児来りて昼食を共にす。疲れていたので酒二盞、それより共に山王キネマを観る。途中森君来る。潔来る。きよ省児に伴われて戸越へ泊りにゆく。明日よりまた「昌平黌」也。

四月二十六日　晴

暖気つのりて、気だるき日なり。朝食まえ、康子を伴いて散歩。窪地《くぼち》の溝にて少年たちサワ蟹《がに》を掬《すく》い居たり。とんぼはじめて飛ぶ。むぎわら一疋《ぴき》捕えて、北園の子に与えぬ。午后北園克衛来訪。添、秋、来る。なにもせず、二盞。本郷より細筍（会津若松産）あしたばの佃煮（伊豆大島産）土産なり。

四月三十日　晴

朝省児来る、朝餐《ちょうさん》を共にす。大岡山医院長の名古屋に於ける空襲の話あり。十九日には名古屋に敵飛来れりと、高橋白日子*午后来訪、同日大阪にも来襲との事。軍発表その妙を得ず。流言しきり也。報導の拙、蔽《おお》うべからず。——此日「翼賛選挙」なり、初めて投票す、津久井龍雄也。添、今、来る。牛込《うしごめ》の義妹の出産に新町より手伝いに来りしユキ子、今日来る。無言の少女なり。両三日滞京とのこと。「胃酸過多」にて重曹水を服用す。白日より河豚《ふぐ》の粕漬《かすづけ》。

＊挿絵画家、装幀家。

五月三日　曇、雨

昨日妻が子供たちをつれて横浜へゆき、きよと康子が石井宅に泊ったので、午まえ雨具を持って迎えに行った。篌二はユキ子を牛込へ送ってゆく。独り。雨を聴きつつ仕事、十二枚ほどする。夕傾から山王キネマへゆき、富沢有為男《ういお》の「白き壁画」をみる。終りの墓地の場面が印象的でよかった。——石井の庭から摘んで来た芹《せり》、三ツ葉のひたし物にハム・ライスで食事。芹の匂いがつよくてしみじみ春を味わった。

五月四日　曇

午前八時過、発令警戒警報、朝食而《して》寝。午后来秋省。終夜不解警報。夜半二時採食。

五月十七日　小雨

昨日於日比谷新音楽堂、石田一郎作曲「八尋白智鳥《やひろしろちどり》」発表。午後出銀座、森、秋、石夫妻、余、会飲。今日宿酔《ふつかよい》。「土圭師」二枚。

五月二十日　雨

「土圭師」失敗して、あやまりしが、今日横溝*来り、ついに続稿ときまる、会って了《しま》うと人情に負ける悪い弱点なり。しかしそのため稿を続けられそう也。「ますらを」の比翼来る、夜に入って喜善和尚来る、「一遍上人伝」の草稿持参、時余宗教に就て語る。――女《め》ゴチのてんぷら、久闊にて夜食すばらし。十五枚迄《まで》。

*横溝武夫。博文館の編集者、横溝正史の弟。

五月二十一日　晴

昨日、出版社佐野鍵之助、土産持参にて来る、戸越へ金をたのみに行き、内野へ寄る、ウィスキィを貰う。今日は朝より机に向ったが進まず、青磁来る、山工キネマに「アンダルシアの犬」を見る、夜二枚。防空飛行しきり、夜空に探照灯詩を綴る。

六月一日　晴

早朝省児来る、午後「ますらを」より海津良彦来る、原稿督促也、曹洞禅家の子、なまぐさたらんとして未足らざる青年。夜、「夜明けの辻」五千部増版の検印来る。此書最も好評也。

六月四日　雨

二日朝より又しても歯齦膜炎、こんどは化膿《かのう》して右顎に瘤《こぶ》ができた、湿布と氷嚢《ひょうのう》。昨日石田来訪、二時間ほど話したのが祟って発熱九度、夜中苦しむ。妻を招きて同室に寝さしむ。鼾声《かんせい》やかましく安眠せず。今日頂上と思われる。海津原稿督促、三邦出版社横尾来る、病中謝客会わず。

六月五日　晴

昨夜安眠せず、氷嚢を替える為、妻も一時半毎《ごと》に起きぬ。――朝省児来る。疾同様、痛みやや軽む。

六月六日　晴

午前歯科医へ行く、はかばかしからず、治療して帰ると今日もまた痛みひどく、食事できず、かんしゃくが起る、テラポール*を用い初める。午后石田来る。三〇、――、夕傾「放送」編輯者《へんしゅうしゃ》来る、「備前名弓伝」を雑誌に載せるとのこと、拒否す、したがって来月号へ書くことを余儀なくさる。――夜やや軽快、(やや也)。

*国産の合成抗菌剤の商品名。

六月十一日　晴

省児、三邦書店、北園、添田、花岡。[*]朝生は装幀の相談なり、顋に氷嚢を当てたなりで引客、疲れ果てて了った。添田より其《その》著「教育者」第一部届く。

*花岡朝生。日本画家。周五郎の本の装丁をよく手がけた。

六月十二日　晴

「少年」の原稿六枚まで書く。妻が十日から歯を病み始めて、これまた頰に湿布、夫婦して鉢巻していているので相当な観《み》ものである、ヤス兵衛ゲラゲラ笑う。余軽快すれどまだ全癒とはゆかず、些《いささ》かやりきれない。

六月十三日　晴

大阪より井田一雄来る、出版の話、拒絶す。夕傾本郷より三人来る、十時まで話す、原稿八枚まで。昼のうち省児来る、鶏が届いたので半分わける。

九月五日

マッチを求めしに妻これを外より投込みぬ。座に添田あり。叩き返さんとせしが抑えぬ、起居しだいにうるおいを失い、〔以下七行抹消〕

十月二日

名婦伝第三「箭竹」三十枚昨日大和に渡す、六回のもの三回予が書きし訳。しかしお蔭《かげ》で佳作が三篇できぬ。——今日家族ぜんぶで石井を訪《おとな》う、秋果、予には麦酒熟柿《じゅくし》を康子が贈り来る。すぐさま麦酒を呑む。花岡朝生来る、将棋二番（勝）。「龍尾の剣」六枚めまで。今朝省児来り、久方ぶりにハムにて朝食を共にす。

十月九日
昨日から喉頭に鰯の骨が刺さってなかなかとれず、今朝は医師に診《み》てもらったがだめだった。時々チクチクして不快で堪《たま》らなかった、夕方食事のときようやくとれほっとする、北園克衛「子供みたいですな」と云う、かれは肺侵潤《ママ》で一年休養をしなければならぬと。栗林、九野、そ、秋山いち時に来る、夕傾より「青竹」推敲《すいこう》五枚。夜にいって雨となる、冷気加わる。

十一月十三日
朝八時発にて諏訪《すわ》に向う、正午半着、長尾吟月*宅に厄介になる、十四日未明三時物見山に登りてカスミ網猟をする、同夜帰京。

十一月二十四日　晴

人はいかに生くべきか、世の律によるべきか、己の欲するところを持すべきか。暴に報ずるに暴を以てするの愚を知りて、然らばいかにして正を匡《ただ》すべきかに迷う。世は昏迷《こんめい》なり、人また昏迷に堕す、われみずから高じとするも、その真価いくばくのものぞ。人事万般、時ありて亡《ほろ》ぶ、文芸百年の齢ありとするも億兆の外《ほか》を知るなし。おのれの欲したらんがように生くること能《あた》わずんば世を去るに如《し》かじ、おのれのみ、正におのれのみ在り、「おのれ」と「今」とのほかに同じく齢するものあるべからず、出生もと固、生また固、死するや固なり。おのれ今あることの真実を描いて他に拠《よ》るものなし。――然り、されども妻子あり茫屋《ぼうおく》ありて之《これ》を保つや、生くるの法の不動なるを会得せずんばあらず。然り人はいかに生くべきか。

＊添田知道の父（啞蟬坊）の弟子。

昭和十八年

1943

【主な出来事】

二月　日本軍、ガダルカナル島撤退

四月　山本五十六連合艦隊司令長官、ソロモン群島上空で戦死

五月　アッツ島守備隊二千五百人玉砕

九月　上野動物園で猛獣を薬殺

二十五歳未満の女子、勤労挺身隊に動員

十月　神宮外苑競技場にて出陣学徒壮行会

十二月　文部省、学童の縁故疎開促進を発表

【山本周五郎の周辺】

二月　『陣中倶楽部』に「勘弁記」発表

三月　次男・徹誕生

『講談雑誌』に「夏草戦記」発表

六月　『北海タイムス』に「新潮記」連載開始

『婦人倶楽部』に「東湖の妹」（のちに「障子」と改題）発表

七月　『婦人倶楽部』に「心の深さ」（のちに「藪の蔭」と改題）発表

八月　短篇集『小説 日本婦道記』刊行

九月　『小説 日本婦道記』が第十七回直木賞に推されるも辞退

二月二十三日

佐藤俊雄来る、選集五冊刊行の話ほぼ諾す、これでまた重荷を一つ負ったわけ也。「猿滑」十二枚まで。

篌二昨々日より風邪気味にて臥床《がしよう》。歯根膜炎は一週日来ようやく快方に向い、今日米飯やや楽也。

梅一週日前より笑う。

三月二日

仕事の失敗がつづいて意気あがらず、戸越へ借用の使《つかい》をやる、「阿漕《あこぎ》の浦」十七枚まで、数日酒なし。

夕傾よりさらさらと音して小雨、久しく降らないから降って呉れたらと思う。仕事少しふんばらぬとクサルだろう、息ぬきをしたいと思うが、ひと片付けしないと動けない、頑張るべし周五郎。

三月三日

午前中に「阿漕の浦」を書きあげた、午后大和が来たので読ませる、少し高級だと云う、かれらが作に不満なときは必ずそういうのが例だ。自分にも舌足らずの、どこかに気のぬけた作だという気がしていた。がどうしようもない、枚数と欠くべからざる哲学がある以上、そう旨《うま》くゆくものではない。とにかく原稿を渡した。

午后から「堪忍記」十枚書く。この一週日うちに仕上げてしまう、それから短篇集の第一冊にかかるつもりだ。二時頃青児来る、金持参、肉持参。

梅を折り、机上と玄関とに挿《さ》す、酒をのみに出たけれど気がすすまず帰る。晴、風寒し。

三月十九日
午前中「堪忍記」、午后康子をつれて散歩に出たところで「少女の友」の記者に会い引返す、五月号「海」の原稿、稲津より速達、夕傾東京へ出る、「北海道新聞」連載の原稿、少し難物なり。帰途森谷へ寄る。月おぼろ也。

三月二十三日
「午前六時頃から陣痛あり」と奥さんが云う、はね起きて内野へ電話、まだ病院に出勤せずとのことで自宅へ掛ける（荏、七三一六）車を持ってすぐ来るそうなので支度を急ぐ。なにしろ予定日が二十四日で、その日に入院しても一日二日は余猶《ママ》があるだろうと考えていたからまごつくこと夥《おびただ》しい。
きよは前日明治神宮まで遠足で疲れたために発熱（そうではなかった）計ってみると八度あるので、寝床を下へ移して寝かす。奥さんは取る物もとりあえず、内野が看護婦を伴《つ》れて車をころがして来る、診察の結果すぐ入院ときまる。さて車を回すのに先生と看護婦で前から押したり後から押したり大騒ぎである。九時半頃出発。秋青来り、すぐ帰る。

ほっとして机へ向うが仕事が手につかない、きよの容子《ようす》をみにゆくこと度々、段々熱もさがって来たので、食事を軽くさせる。——十一時頃昭南書房来る、話していると本郷から優美子が来たとのこと、待たせておくうち康兵衛が帰って来た。つづいて婦倶[*1]の大和、出版の原沢を伴れて来る、（前借のはなし）。

客が帰ったので、裏へいってみると優美子はすでに帰ったとのこと、午后二時半、朝食もまだなので腹ぺこ也、飯をかき込んできよの容子をみると、「眼がまわる」と云う「胃部が痛む」という、「家がぐるぐるまわるようだ」という。熱を計ると四十度、先生まったく狼狽《ろうばい》して立ちつ居つ。康兵衛が「あたしお医者さんへ行って来ましょうか」という「知っているか」「ええ知ってるわ」「じゃあ照ちゃんをつれて行って来て頂戴」という次第で康兵衛をやる。水枕をして、額を冷やしていると、康兵衛が帰って来た。「先生は一人が病気で臥《ね》ていて一人は出掛けたから、いつ行けるか保証できないんですって」という、さあ困った、熱が高いので肺炎にでも成られたら大変である。アスピリンを一錠やっておいて鈴木夫人へ馳《か》けつける、なにしろ急《ママ》がしい。夫人はドイツ学園のそばの小野医師がよかろうといい、自ら馳けだして行って呉れる。篌二が帰ったので照と一緒に氷を買いに走らせる。鈴木夫人が帰って「小野さんも往診で六時頃にならなければ駄目」ということだった、八方塞がりである、小関をと思ったが、この頃かれの手にかかって死んだ病人の話を多く聞いているから、とにかく六時まで様子をみることにする。

　このあいだに前日買ってあった肉を野菜と煮る、篌二が氷を買って戻る。テラポールを買わせ一錠やる、氷枕にして当てさせる、具合はおなじ也。――内野へ電話、「まだ生れません」六時、小野医師来る、「風疹」ならんという、三十九度七分あり、肌に発疹《ほっしん》。眼発赤、「高熱が続くようならまた来診する」とて帰る、やや安心なり。この月はな康兵衛が病んだのと同様のものらしい。

　夕食頃からよく眠る、午后八時内野へ電話、「お坊ちゃま[*2]がお生れになりました、おめでとうございます」という返事、先生ちょっとわくわくしてにやにやする「お二人ともたいへん順調でございます」やれ嬉しや、これで内も外も好転也とて、すぐ鈴木夫人に報告、一家の人々が「あーそれは」と歓声をあげる、先生ここでもにやにやとなって顔の筋の始末がつかない。
子供たち二人を二階へやり、先生がきよのそばに寝る、「あまり冷やさぬがよい」とのことに、氷枕をよして水枕にする、だいぶ落着いたらしく、「いい気持」だという、十一時就床。

*1 雑誌『婦人倶楽部』の略。
*2 周五郎の次男・徹《とおる》。

三月二十四日　雨

夜半すぎより雨、四時に覚めてみるときよ元気をとり戻し「もうすっかり治ったよ」という。七時に起きて検温七度三分、葛湯《くずゆ》を作ってやる。七時半に朝食。

四月三日

午后九時、警戒警報発令、器材の準備をして、さらに机に向う。妻産褥《さんじょく》にあり、馴《な》れざる婢《はしため》あり、三児一嬰児《えいじ》あり、なかなか心落ち着かず。「新潮記」三回まで、一日南風強く、いま時折小雨あり。

四月二十日　晴

ようやく春暖。昨日は石井信次の三週忌にて磯子の法会に参った、雨に降られ最合《もやい》傘《がさ》で寺から帰る、法要の馳走になり、書庫を見て帰った。

今日は終日なにもしなかった、午后添を訪《おとな》い、馬込の野を歩いた、菜の花、周枋《すおう》、桃、桜は散った。咽喉加多児《カタル》で洟汁《はなじる》と啖《たん》とに苦しむ、明日から。

四月二十九日

天長の佳節。

午前中、潔が和子をつれて来た、帰るとすぐ甚弥、この前のとき以来しきりに莨《たばこ》を喫す、二十才になったのだからあたりまえの事ではあるが、純真さが少しずつ失われてゆくようで寂しい。話の途中で石田一郎が来た、岡田がつづき、添田が来る、本屋が「品川町史」をもって来る、これは金がないのでちょっと困った。みんな帰ってから岡田と少し話し、仕事があるからと断わってこれも帰って貰う。それから「婦道記」稿訂二篇、二壜して寝る。

五月一日

朝から「婦道記」敲訂、午後北園克衛来る、省児来る、省児の礼儀を知らざる、北園の徒《いたず》らに愛相のよき、ともに採らず。まだ北園の方よきところあり、心すべし。――今日は「不断草」を書き直したのみにて終る、「北海道新聞」第一回届く。――篌二、いくら云っても悪童と遊ぶことを止《や》めぬ、叱る。よきや悪《あ》しきや。

五月四日

「婦道記」稿訂九篇を原沢に渡す、五号活字インテル*四分を入れて組む、十二行、三十四五字詰、組み見本をとることにする。前触れなく午後より水道断水、近隣へ井水を給す。夕傾より「堪忍記」五枚。——徹、一日通便せずきげん悪し。昭南書房に原稿をやるとして、放送局へ「備前名弓伝」の原稿を求むる書面を出す。

＊活字組版で、行間の空きをつくるために挟む薄い板。

五月十六日　雨

十二日より警報、昨日解除になり、待ちかねて町へ呑みに出た。シイドル一本買って帰る。

「新潮記」井田と出版契約、三百円受取。

今日隣家の嫁、いよいよ破婚の決心をきめて来る、その方が当人のため也、その由を云いやる。「新潮記」三回書きしのみ。

五月二十一日　晴
「柘榴《ざくろ》屋敷」にかかる、進まず。石田一郎来る、祖母を鵠沼《くげぬま》へ引取る件。——昨日忠地来る、青磁来る、共にパン亭へゆきて酒。その折買って来たシイドル一本をあけて終る。

＊忠地虚骨。俳人。俳誌『ぬかご』同人。

五月二十六日
「新潮記」三回四十七まで、「柘榴やしき」二枚。今日は珍しく客なし、徹が一日じゅうむずかるので、抱きにゆくこと度々。されども母のときは機嫌よく、先生のときは抱いても嬉しそうならず。母の力の根強さには改めておどろく。——夕傾小雨。辻村文子、田岡典夫より来信。配給の酒三罎。

五月二十七日　時々小雨

朝新聞二回、それより「柘榴屋敷」にかかる、西井来る、帰ると入代って原沢来る、「婦道記」の表紙の話、愛読者長沢幸子、鵜飼和子の投書持参。省児苺《いちご》を持参。——夜おとし焼にて酒二壜。

五月三十一日

「アッツ島の守備兵全滅」二十九日より通信ナシ、哀悼に堪えず、痛憤やる方なし、勝敗は兵家の常なりと雖《いえど》も、この大痛恨事は未曾有のことなり、英霊の平安を祈る。「柘榴屋敷」十三枚まで、西井来り出来ただけ持ってゆく、あと七枚、難物なり。アッツ島の英霊のために、「伏見城」を書かんと思う。

六月二十二日

今日は満四十才の誕生日なり。酢鮪と舌べらのフライで酒二本、夕食時、テルが家をとびだしたのを追いかけて伴れ戻す、女中を使うのはムズかしい。三村先生より、教員研究会に出て諸説を乞うと依頼さる、——「伏見城」続稿中、これが思い通りにゆけば新しい作風に飛躍できるだろう。晩景より小雨。

八月三日　晴

朝香西昇「直木賞」の事で来訪、断わる。西井来る、二ヶ月遅延の原稿督促、夕傾秋省来る、仕事一枚もせず。酒（麦）二本。

八月二十七日

昨日「日本婦道記」が出来てきた、思ったより良い出来である。添田夫人数日前より急患、昨日から怠る。——新聞昨日三回、今日二回、白雨《にわかあめ》あり。

十月二十二日

多弁を慎むこと。言うこと即《すなわ》ち書くが如くすること。喜怒の情を抑ゆること。

十月二十三日

丹野来る、（原稿取り）弁当持参なので、午食に汁と香物、煮豆を出してやる、二十三四であろうか、成熟した非知的な女で、盛《さかり》を過ぎた沈丁花のような体臭を放つ、眼尻が下って唇許《くちもと》に緊《しキ》りがない、五反田あたりの女給という感じである、このような仕事には無理だろう。二十八枚まで渡して帰す。西井来る、二十六日までぬきさしさせぬ約束。駅の上まで送る。——射的場跡の工場寄宿舎で青年たちが排球*をやっていた、ズボン一枚で上体は裸、いい色をしていた。「婦道記」が文部省推薦になったとの通知あり。

新聞を書いたために、一字ずつ、一行ずつねばってゆく習慣が違ったのである、一回分ずつ苦しい凌《しの》ぎをつける癖がついて、すらすら運ばないと興が乗らなくなった、それで失敗が多かったのである、「新潮記」を反省すると感興に乗じて書くことに頼りすぎた。部分に精《くわ》しくて全体の組立てが完全でなかった、これが短篇に難渋する所以《ゆえん》だ。——全体と部分との調和を考えなければならぬ。「創造」することに苦しまなければならぬ。書くよろこびは創造のよろこびであるから。

＊バレーボールのこと。

霜月記

十一月一日　7

朝「石」二枚、添に葱《ねぎ》を届ける、鶫《つぐみ》の会*延期のことをきめる、帰来朝食、ボラの味噌汁二椀《わん》。午後二枚、省児来る、諏訪行延期の話、茶。篠二が自転車に乗って行ったまま帰らず、五時まで閑談。それより十三枚まで。石井よりの麦酒一、酒一半、ボラの味噌汁と、葱は魚干のおとし焼にて乾盃《かんぱい》。飯。風呂。隣家の神尾応召、花環など贈りたけれど、金も無し贈るべき尊敬も感じられず。歇《や》む。――朝、手凍《かじか》む。終日快晴。

＊年に何度か添田、秋山らと山鳥を食すために諏訪に出かけたことをさす。

十一月二日　快晴

昭南書房佐藤来る、「夏草戦記」企画がおりた件。西井来る、原稿督促（四日を約す）。夕傾より神尾宅の祝宴、藤枝、山根、品川ら来り久闊を序《ママ》す、山根は少年なりしが、今は鼻下に髭《ひげ》を貯えあっぱれ紳士ぶり也。――午后二時、鈴木の嫁、女児出産、二重の祝なり。「石」十五枚まで。

十一月三日　1

石井康子来る、葡萄酒《ぶどうしゅ》二本持参。

十一月四日　2

午前中仕事、添田来る。夫人の床上げ祝にて内野と秋山を呼びにゆく由。午後西井来る、原稿「石」二十五枚だけ渡す。夕傾より秋山来り、共に添宅へゆく、酒、内、秋二人早く去る、残って将棋一番、勝つ。夫人より麦酒一壜特配。

十一月五日　3

「石」終る、三十二枚、送ってのち窪川稲子*「くれなゐ」を読了。ものを書く夫妻の葛藤が、割合と正直に書けている、「告白」であって小説ではない。事実の深刻さだけでは文学にならぬということを痛感する。「どうしてその苦悩があったのか、そのためにどれだけの意義が探求されたか。果してそれは真実の価を持っているか、またそこを通らざるを得なかったものかどうか」そういう検討をうけなければなるまい。あった事をあったように記述するだけでは小説ではない。多くの問題がここにある。平凡ということはそれだけではもう採りあげる必要はないだろう。

＊佐多稲子の戦前の筆名。

十一月五日
佐藤俊雄と銀座に呑む。「婦道記」4未成。

十一月六日
朝西郊を歩く、虎杖《いたどり》の種子を噛《か》む、甘し、野菊の葩《はなびら》また甘し、端の鉄橋の手前に蕨《わらび》の叢生《そうせい》を発見す、春には採りにゆくべし。夕傾省児来る、白魚干（佳味）鯀《こはだ》五尾、妻と子ら本郷へゆきて留守なれば、葡萄酒を白魚干にて呑む。此日ブーゲンビル島沖航空戦、敵の航母二、巡・駆四隻撃沈の大戦果なれば、省児と乾盃。「婦道記」未成。5。
婦倶より女記者来る、金井徴用の由。

十一月七日

朝より「婦道記」の筋立て。妻子たちと横浜へゆく。女中映画へ。省児来る、茶のみ。——添田来る、諏訪ゆきの話、そのとき「石見湾」の文題きまる。七時妻子ら帰来、石井より麦酒二本、鮭（鑵《かん》）にて呑む。

テルー時頃より映画にゆきて八時帰る。心痛せり。

十一月八日

昨夜半十二時頃、隣家の妻女死す。午前中省児来る、散歩、ドストエフスキー全集を譲る、その金にて外套、着物を質より出す、「石見湾」三枚。夕傾より清川の壮行会にて浅草橋場《はしば》の隅田別館にゆく、「多田新藤」の話をする。帰ってなにもせず、

（1）微雨。

十一月九日

朝より「婦道記」、能勢来る、「月刊読売」の原稿。午後「放送」伊東来る、去月の原稿の督促、そこへ忠地来り、佐藤俊雄来る、佐藤は短篇集の原稿を強硬に持去る。忠地残りて将棋二番、二勝、銀座へ伴いて酒。バロン織田老久々にて会す。偶々《たまたま》南方海域にて海航空の大戦果発表され、祝盃となりて（2）痛飲。

十一月十日

「髪かざり」執筆中西井速記者を伴いて来る、一日延期の電話せしも伝わらざる由、原稿中途にて口述をはじめる、岡田来る、金吾来る、金井来る、かれらを前にして口述、汗を絞れども量《はか》どらず、金吾の如きは日向に伸びて「そこでお話はがらりと変り」などと半帖《はんじょう》を入れる。口述を止《よ》し、「髪かざり」を読む、好評にてみんな自分の方へほしがる。金井残り続稿、十七枚まで書いたが疲労やる方なし、それだけ持たせて一緒に銀座へ出て酒、ヨハン[*1]先着しいて共に呑む。昨夜より「ナオシ」[*2]なる物にビタ[*3]を加えて呑みしが、おそろしく喉が渇き、夜半水を汲み加えに起きたり。

＊1 ヨハン・ディートリヒ。周五郎の友人、口独混血のエンジニア。
＊2 下等な酒などにまぜものをして飲みやすくした酒。
＊3 ビタミン剤の略。

十一月十一日

午前中「髪かざり」終る、添を訪う、留守、一時ほど歩きて帰り「高津ヶ原」にかかる、十五枚、近来稀《まれ》なる量なり。夜、添来る。月佳し。

十一月十二日

北園来る、西郊を共に歩く、蕨の畑を教え、子《こ》安《やす》八幡を教える、榁木《むろき》を教わる、榧《かや》に似て枝小さし、痩々《そうそう》たる感じの木也、よく干して焚木《たきぎ》にすと。夕頃省児来る、諏訪へゆけぬ由、就職未定にて（1）意気消沈。

十一月十三日

午後岩谷来る、「陣中」二十七日まで、西井来る、「高津ヶ原」を読む、思懸《おもいが》けぬ原稿出来で「夢のようだ」という、棋一番、負。潔来る、同僚より出征相次ぎ少しく落着かぬげ也。「放送」のため「意地の槍」にかかる、三枚にして添を訪う、省児の不参を告ぐ、座に三樹あり、月田来会し、「水炊」を肴《さかな》に麦酒、これまたわれ一人にて呑む。（2）月佳し。

十一月十四日

午前中添来る、ツワブキを捜して共に歩く、花岡朝生の隣家にて貰い、朝生宅にて牡丹餅《ぼたもち》を馳走になる、彼は痔疾《じしつ》にて明日帰郷すと、容態尋常ならぬように思える（当人は知らず）、夕傾省児来る、十七日に諏訪へ追って来るという。――久し振りにて髪をつみ風呂へ入る、明日の旅支度なり、スキ焼にて九時夕食、「意地の槍」三十枚あがる。今月半月にてこれで四作成る、本当ですかね。月佳し、暖。
　検覈《ケンカク》　しらべ考える

十二月八日

大東亜戦三週年の日である。四日から「にが虫」にかかっているが筆が進まない、今日も終日紙を汚しただけで終った。午后添と西郊を歩き、山葡萄の凍《い》てたのを摘んだ。夕傾金井来る、「糸車」校正、それが終ったあとで（2）身上相談。

「にが虫」はついに失敗した、是《これ》はいかんぞと思っていると「侍豆府」もだめになった、一つ跪《つまず》くと続くものである、やはりよく検討してから取掛からないと悪い。

十二月二十三日

一昨日から「馬印拝借」にかかっている、今日二十五枚まで、明日は博文館へ出張して書かねばならぬ。冷える一日で、雪空だったが夜になって晴れた、おそらく明日は冴えることだろう。（4）

昭和十九年

1944

【主な出来事】

一月　東京・名古屋に建物疎開命令
六月　連合軍、ノルマンディーに上陸
　　　B-29による日本本土初空襲
七月　サイパン島守備隊三万七千人全滅（非戦闘員一万人死亡）
　　　小磯内閣発足
　　　国民学校初等科児童集団疎開が閣議決定
八月　国民総武装決定
　　　沖縄からの疎開船対馬丸撃沈（児童ら千五百人死亡）
　　　テニアン、グァム守備隊全滅
十月　神風特攻隊編制
　　　レイテ沖海戦
十一月　B-29による東京初空襲（空襲激化）
十二月　東南海大地震

【山本周五郎の周辺】

一月　『婦人倶楽部』に「髪かざり」発表
二月　『講談雑誌』に「御馬印拝借」発表
四月　『富士』に「紅梅月毛」発表
　　　『文藝春秋』に「琴女おぼえ書」（のちに「桃の井戸」と改題）発表
九月　次女・康子、学童疎開
十一月　長男・篌二、鉄道員に方向転換
　　　『富士』に「一人ならじ」発表
十二月　短篇集『日本士道記』刊行

一月二十九日

旧冬三十日から掛った「紅梅月毛」四十枚が二十五日に脱稿した。茂木から前借して西井の仕事をしていたようなもの也。今日から「尾花川」に掛かる。——午后北園へハムを届ける、夜になってから石田一郎来る、「五つの神話」に就て意見を述べる、楽曲に就ての批評というより曲から受けた人生的観点に語ること多し。——彼の生活にもリズムが出来てしまった、生活感情が流れているので、ブッつかるべきものを逸している、自他ともに滑りよき生活は戒めなくてはならないと思う。

＊＊＊

文部省図書編纂官《へんさんかん》から婦道記の「障子」を教材に使い《ママ》といって書面が来た、障子に穴を明けて自戒に資《し》したという条を採りたかったものらしい。フィクションだという旨を答えてやったから恐らく難は免れるであろう。

二月二十九日

月頭に添田唖蟬子《あぜん》＊の死に遭い、半月殆《ほと》んど徒走。婦道記のみ、——戦況は米国必至の強行作戦で、中央太平洋の要所がしばしば襲われる、我等も昨今いつ爆弾を食うかも知れぬということが実感として迫っている、十六、十二、八日以来かねて期したことなのに、新聞報道はひどく狼狽しているので歯痒《はがゆ》い、あまり非常を叫びすぎると人々が非常に狎《な》れるであろう、その点の心配を考えているかどうか。——だが、飛機の飛ばぬ夜のひっそりとした静かさは、さすがに緊迫した感じで身にしみ徹るものがある。「荒法師」七枚。

添田へ蕗《ふき》の薹《とう》を届け「初鷹《はったか》」ウィスキィ三杯馳走になる、大切な愛用をよく出して呉れる、今夜は寝る。

＊添田知道の父・唖蟬坊。明治・大正の演歌師。

三月一日

午前十一時まで寝過した。宅間に起こされる、話しが長くて三時半に及び、彼が去ると入代りに博文館から女記者が来、石田が来る、記者に原稿五枚と画形を書いて渡し、石田と話す、「小笠原へ敵の大艦隊が来襲し八十隻撃沈の戦果があった」由、少し気をよくする。——ようやく独りになったのは五時、昆布茶、牛乳を啜《すす》り、潤一郎の「初音」を十頁ほど読み机に向う。

夜食には青児よりの豚肉を焼かせる、十一時までに七枚（二十八枚迄）疲れたので筆を擱《お》く。此日午后より春暖、今森閑たる静寂也。

三月四日

昨日夜、妻は子たちを伴れて亘理《わたり》*へでかけた、——朝から坐《すわ》りづめで「桃の井戸」、今朝までに二十枚、花房にそれだけ渡す。——午后まで寝て起きると左眼が腫れて重苦しい、十時に床へ入る。清、添。

＊宮城県南部、亘理町長瀞《ながとろ》。妻・きよえの実家があった。

三月五日

珍しく朝より吹雪、終日仕事、鈴木より天ぷらの馳走。午后、雪をついて添宅へ牛乳を届ける。

三月六日

徹夜して午前十時、ようやく「琴女覚書」終る、疲労困憊《こんぱい》その極に至す、しかも結末で失敗、致方なく花房宅へ届ける、——帰来四時まで寝る、起きて添宅へ牛乳を届けに出て添と会う、鈴ヶ森よりハガキの話、喉から手の出るところ、偶然の仕合《しあわ》せ斯《かく》の如きはなし、勇みたちて西村を訪《おとな》い、酒、——木曾川の「川虫」の佃煮を試む。熟睡。

三月七日

朝添来る、手作りのソース雑炊を共にし、内野へ借りた本（北村季吟伝）を返却にゆく、途中にて空腹になり堪え難し。連日の不食と疲労の堆積とが出たもの也。省児を見舞い、麦酒二本、豚、鰤《ぶり》にて夕食の馳走になる、——帰宅すると間もなく妻たちも帰宅、それからお強飯《こわめし》のにぎりと卵を添へ届けて戻り、一盞して寝る。夜半春雨微なり。

三月八日

午前中「陸輪文化」小原きぬ来る、随筆の註文、二十日まで、七枚。午後画劇の丹生来る、「笄堀《こうがいぼり》」の脚色持参、五〇持参。添銭湯に誘い来る、湯屋前にて喜多林画生と会し立話し中、湯屋の主人いで来りて「唯今召集令状到着、湯は沸いているが時間がないので今日は休む」と告ぐ、予は「おめでとう」と述べて帰宅した。多喜林、添、と珈琲《コーヒー》。——梅満開、ようやく春暖。今宵、月佳し。

わが貧庭の梅樹が満開である。一枝折って机上に挿そうと思うが、花枝がみな高くて届かない、去年あたりから下枝が枯れてしまって、花は上へ上へと登るばかりだ、低いところは隣家のため日蔭になるので、花は日光を求めて年々高くなるのであろう。自分がこの家へ移って来た頃とは違って、花の附きも枝にびしびしとかたまり集って、なんとなく梅樹の風韻を失ってゆく、手入れをしないためもあろうが場所にも恵まれないからだろう。——どんな場所にあっても天然の風韻を失わない樹もあるとは思う、思うが、やはり「在るべき場所」ということも大切だということを考える。人間もおなじように、いかなる生活の還境《ママ》に在っても価値の光を放つべきが本当であるのと同時に、やはり還境を或る程度まで考えないと「在り方」まで変る惧《おそ》れが無しとしない、——現在のような事情では許されないが、できる機会に恵まれたら自分も改めて周囲を変えなければならぬと思う。

三月九日

春暖風なし。中里富次郎*より初めて来信、去年出立するとすぐ、台湾近海で沈んだ船があり、間もなく出した信《たよ》りに返事がないので、テッキリ不幸な結果だと考えていた、時々思いだす毎《ごと》に暗然と胸が痛んだ、――ハガキを見ると無事に着いて例の如く元気に熱帯の夜を楽しんでいるらしい、安心もしたし、これでもういちどは会えるよろこびも持つことができる。「長良千軒」なかなか結構まとまらず、終日「初音」を読みくらす。……鈴木一家が信濃の辰野《たつの》へ疎開ときまり、秀雄が袂別《べいべつ》のために来て夕頃まで話した。月佳し。

*朝日新聞記者。作家・中里恒子の兄。

三月十日

常州大津の英船入港事件を扱おうと「長良千軒」の筋立てをしてみたが成らず、牧山忠平伝から防人《さきもり》精神を書いてみることに改める、「壱岐の島」の筋成る、午后三村先生、友人四人を同伴して来訪、談二時。——夜に入って雪となる、省児牡丹餅持参。

三月十一日

朝の便にて「夏草戦記」の校正の末尾が届いた、珈琲一杯を啜ってすぐ校正にかかる、午后「婦倶」より吉田来る、火曜日を約す。北園来る、夕食后校正終る。西谷より今日来るとのハガキあれど来らず、——夜と共に寒気加わる。明日より「壱岐の島」。

三月十四日

一昨日、昭南書房西谷に誘われて堀口九萬一《くまいち》*老を訪ねた、うまい葡萄酒を馳走になり二時余語った。吾が作品の少き知己也。少しずつ知己が出て来ることはうれしい、「壱岐島」なかなか進まず。春寒。

*外交官、漢詩人、随筆家。堀口大學の父。

三月十六日

「壱岐ノ島」十枚渡す。女記者山口慶子、二十一、二の肉付のいいからだつき、おとなしくしとやかで、むすめの初心《うぶ》な匂とかすむような温かい雰囲気をもっている、こういう匂やかさ、温かいしとやかさが男たちの中で生活するうちに段々うすれてゆき、じかに膚《はだ》が露《あら》われるようになるのはなぜか。——こういうものが結局は異性を惹《ひ》きつける動物的なもので、異性との接近（単なる職業上のすら）に依《よ》って消滅するためか。なべての女が年長《た》けるまでこういう雰囲気を身につけていたら、男性に対する魅力は消える時がないであろうに。

午頃石田が寄った。藤中商業部一年間休学で日吉が失職しそうだとの事。鳴山《なるやま》の作を貰って読んで呆れたとのこと——尤《もっと》もなり。——午后西井来る、二十六七日までに一篇約す、こんどは書かざるべからず。

三月十七日

朝より仕事。午后石田来る、もう三枚というところだが話しているうちに添田来り。夕傾から招かれて其家にゆく。美酒三献、久方ぶりで妻女のもてなし、鮭鑵《さけかん》。山芋。こぶ椎茸《しいたけ》の佃煮、味噌漬（山寺）切干ナマスが肴なり、三献に四時間かかり、絶えて久しき酒の味だった。（久子を忠地へ嫁すのはなし）帰って仕事をせずに寝る。

三月十八日

朝来風強く雨。「壱岐ノ島」ようやく終り婦倶へ電話。午后添田来る。青森よりのリンゴ持参。珍重なり。夕傾吉田原稿を取りに来る、この頃より雪霏々《ひひ》たり。夜に入って本降りとなる。寒気きびし。

三月十九日

篌二が「都立園芸」の入試に合格して（昨日）その祝いを述べに三村が来る、一時間ほどして去る、随筆「さむらい」を書きだす、「陸輪文化」のため。森谷よりハガキ二十一日「玉川の会*」。――春雪に似ず積って、今日いちにちの快晴にも屋根のものは溶けなかった、一日じゅう雪解《ゆきどけ》の雨だれの音を聞きつつ仕事をした。

徹が母親を呼ぶ「わーわん」「とーちゅ。たーちゅ」「たァた」飛行機はときくと「うー」といって右手を振る。今夕食のとき白粥《しらかゆ》へ鰹節をかけたものと、あぶら鰈《かれい》のカラ揚げをやったら、魚だけ食べて粥を喰わない。やろうとすると反りかえって泣き、しきりに魚を指さす。（今日三枚半。）

*周五郎が小学校卒業後に奉公した山本周五郎商店（屋号　きねや質店）の徒弟が、店主・山本周五郎（雅号：洒落斎）宅に集まる会。「山本周五郎」という筆名はこの店主の名に因む。

三月二十四日

今日は彼岸の終りだというのにひどく冷え、北風に雨さえ降って凍えるばかりだった。妻は子供たちを伴《つ》れて亡兄の墓参から本郷へまわって夜十時近くに帰った。

朝から部屋を掃除して机を六帖《じよう》へ戻してみたが、おちつきが悪く、午后肉を添へ持参。月田医師調合のウィスキィ二杯を口にし。キンピラを貰って帰る。それからずっと坐って二枚書く（おれ一人ではない）九時半頃に豚を煮て夕食。家人の帰りが遅いので、交通事故でもありはせぬかと案じた。

二十日に速達で送った随筆七枚「陸輪文化」が未着で昨日原稿を取りに来た。郵便も信用できなくなった。爾后《じご》は原稿は必ず書留のこと。しかし書留にしたところで無くされればそれまで也。嗚呼《ああ》。

春寒の明けはなれたる机かな

三月二十八日

鈴木さんから当来の酒一壜を女房とたのしく啜っていると徹の泣き声が、しずかな春雨の音を劈《つんざ》いて聞えて来た、奥さんは慌てて立ってゆきながら「おお怒っていること、あれきっと湯気をたてていますよ」と云う。

昨日早朝五時から訓練空襲にて活躍、——篌二は亘理へゆくため、朝から切符買いに大森駅へ詰めていた。昼食（粥）を届ける（きよ）夕食に帰って来たとき、一〇九と書いた紙片を持っている「これから本当の番号札を出して是《これ》ととりかえるんです」と云う「ではその札を貰ったら帰れ」と云って。食后添田へ故啞蟬子の四十九日忌に訪れ、地蔵経を誦《ず》す。すぐ警報で帰宅し、寝床を敷いて（闇の中）横になっていると、一時間ほどして解除となる。それから本式に寝たが、篌二の帰らぬことが気になり、また起きて身支度して大森駅へ迎えにゆき、伴れて帰る、「二十七番」という位置がとれたという、——それから三時半まで起きていてやろうと思ったが、睡気《ねむけ》に耐えられず、消灯して眠ってしまった。

今日は朝から雨、暗いうち起きて裏へ篠二を起こしにゆくと「もう出かけた」ということだった、次ぎに起きたときはもう出発したあとである。――午近く起きて食事、机に向い筆をとったが、「おれ一人ではない」という標題と一枚書くのを数回くりかえしたのみで、終日雨を聞き耽《ふけ》って終った。晩景添来る。

おれたちの命は自分ひとりのものではない、祖先から受けて、子孫へと送るものだ、生きることは祖先の意志だし、おれたちの意志は〔以下空白〕

「人は淳朴《じゅんぼく》であれば欺《だま》され、真剣であればからかわれ、善良であればいじめられる」

――モウパスサン「ゆるし」

五月二十一日

昨日夕刻より警戒警報也。添田と駅下へ酒を呑みにゆき。「岩亀」という店で三十分程立って待ち、一合の冷酒を呷《あお》った。腰掛を取除けて、食台の周囲へ立並んで呑む。

肴は鰊《にしん》の水煮也。添曰《いわ》ク「よく塩が抜いてあるなア」と。塩蔵のものを塩抜きしたのだと。——すぐそばに「国民酒場」なる店あり、叩いてみたら「今日は一樽《たる》出す」と云う、「およそ何人ほどにまわるか」「三百五六十人だろう」という。店の前の鳳《おおとり》神社*の脇に並んでいるので行ってみる、目当り四五百人の数で圧倒されてしまい、「岩亀」へ行った訳也。

冷酒一合、酔ったのか酔わぬのか判然せず、店を出たところで潔に会う。話しながら歩いているうちに幾らか酔ってきたような心持だったが、家へ着くと警報が鳴っているので、いっぺんに消し飛んでしまった。——防空準備を了《お》え、机に向って夜を明かす。

徳川光圀《みつくに》は青年の頃から毎日「今日限りの命也」と思い極《き》めていたそうだ。屋敷を出るときは二度帰ることなしと思い、領外へ出るときも再び帰郷せずと心を決めていた、されば常々身のまわりに物を置かず、所持品の始末を怠らなかったという。武士はみなこの心掛ありし也。

◎徹が五六日前より立ち歩きを始めた。口は相変らず利かない「あんにゃにゃにゃ——」などと高声に人を呼び、なにか話す。牛を見ると「モウー」と息張る、「ンマ」「ワンワン」「ブウブ」（自動車）食物も欲しいのを指さして「ブ」と云う。奥さんはそこで「これは駄目ブウよ」「これは駄目バー」などと云う。「バ」とも云うから。――湯を呑ませると、「アッー」と悦音を発する。今日は康兵衛がつれ出して歩かしているうちに転び、額と鼻頭を少しすり剝いたので、奥さんに赤チン（マーキュロ）をつけられ、真赤に鼻を塗られてサーカスの道化のような鼻をしていた。

仕事せず。もう二日ほど遊ぶ。

＊大森 鷲《おおとり》 神社のこと。

六月七日

婦クより山口女史来る、「母の児」を語り、構成を直す。――「僕らの芸術はもはや自分自分の功名利達の為ではない、宗教的、信仰的世界の建設にある」葛西善蔵の書簡ヨリ――おのれを超脱しようとするわれの本望は、現在われらが大日本建設の方向に沿って、それを大目標として仕事をするのと哲学的に一致していいはすまいか。

（未考）

六月十四日　夜

心を広く持とう、動じない心を保つためには雑多な執着を捨てなければいけない、質素に身を持していれば、――そして謙虚であれば、どんな状態に当面しても心騒ぐことなく在るだろう、感動し易《やす》い敏感さで仕事をしていては、物の表情だけしか描くことはできない、たしかなものを捉《つか》むには、こちらがたしかな動かざる眼を持つべきだ、心を広く、そして執着を脱しよう。これが明日への白分の基礎である。「なにものにも恐れない」ということは、重大なる事実を指すばかりではなく、日常鎖《ママ》末な事の端に於ても同様でなければならぬ。「有る」ことも恐れず、また「無い」ことも恐れまい、仕事のためにはなに事をも抛《なげう》つ決意が必要であると同時に、なに事にも邪魔されざる決意がなくてはならぬ。条件が仕事を作りはしない、仕事は条件を征服するところにあるのだ。――心を広く持とう、心を広く――、そして謙虚で、謹《ママ》勉で、つつましくあろう。いかなるものにも退転せざるために。

六月十五日

西村より一斛《こく*》当来、一郎が来たので燗《かん》をつけ、三盞していると警報発令、弟の宅、添宅をみまい、夜に入って「瘤七」を書く、徹宵十三枚まで、一夜にて九枚、好成績也。

＊一石に同じ。ひとかつぎの重さ。

六月十六日

早暁ボーイングＢ29（最新鋭「超空の要塞」と称す）Ｂ24二十余機にて北九州へ空襲、一〇〇キロより二五〇キロ爆弾三〇〇―四〇〇を投下、重工業地帯（主として八幡《やわた》製鉄所）関門海底トンネルを覘《ねら》っての襲来なりしも被害僅少、人員家屋の損失軽微也。徹宵十一枚

六月十七日

早朝筆を措《お》き、散歩して就寝。福・日記者来訪、婦道記のはなし、断わる。北九州の情況を聴く。睡眠不足にて仕事せず。

六月十八日

午后二時警戒——解除、しかし午后九時再び警報発令。折から一盞しつつあり、折角の酒がこれでおジャン也、もう少し早くあればよかったのに。——すぐ組内を順視《ママ》して、食事（一合のこす）これより仕事。闇夜。

弟の家を見舞い、帰って宮内寒弥の「からたち」を読む。——徹は昨夜より嘔吐と下痢、元気なく、うつらうつらと泣くのみ。——空襲の可能性大なり、鉄甲を前に水茶を淹《い》れて心しずかに喫す。十時半。

午后十二時を過ぎた、空襲に対する自分の心理の動揺を考える、その根本は妻子に関わっている。余は妻に必要以上の苦労をかけ続けて来た、まだなにものもそに対して酬《むく》いていない、子らに就ても同様である、気持だけは豊かに、のびやかにと努めて来たが、物質的にはなんら恵むことができなかった、「生れて来た甲斐《かい》があった」と思わせるに足るものをなにも与えていない、ここで殺すのに忍びない気持である、まして徹でも生き残った時のことを想像すると心は刺されるように痛む。——以上が自分の動揺する気持の核である。

生死を超脱する、——おのれに関する限りそれはたやすいと思う、殊に余は運命に恵まれ（寧《むし》ろ妻子の力に恵まれ）てなすべき仕事はなしつつ来た、いつ死ぬとも悔はない、しかも余の仕事は殆んどその実価を認められて来ている、生きて来たあかしに残すことができる。——したがって心の動揺の根本は正直に云って妻子の上にのみあるのだ。

若《も》しわれらが上に敵弾が来たら、妻子よ、余をゆるせ、来世においてもういちど我らは親子となるであろう、夫婦となるであろう、そのときこそは今生《こんじょう》のつぐないをすることを約束しよう。

妻も子も眠っている、四辺の家も森閑と寝しずまっている、われ独り机前になお仕事を続けつつある、――運命をすなおに受けよう、なにものにも屈せざるは意力のみだ。死を眼前にしての仕事を意義あるものとしよう。仕事だ仕事だ。

七月四日
昨夜から東京新聞のために「女性のちから」を書いている、サイパン島で軍と共に戦っている女性たちを憶《おも》い、現戦相に応じて起《た》つべきことを女性に求める随想だ。夜を明かし、まさに終らんとするとき警報発令となる、折も折なり、すぐ支度をして組内を廻り、脱稿して電話をかけさせる（篠二、はじめて也）午后添来る、散歩に出て戻ると新聞から原稿を取りに来ていた。夕食后「楯与」の続稿、徹夜して午前八時に脱稿、へとへと也。朝来雨。――警報は米機の父島空襲による。

九月三日
ヤス兵衛が今日網代《あじろ》＊へ疎開して行った、夜前「東京が爆撃されて父さんや母さんが死んじゃったらどこへ知らせる――?」と訊いていた、ふだんなにも云わないが心の中ではいろいろ考えているのだと思うと、いじらしさに切なくなった、日頃は明るい気質で眼が泣いているときでも口では笑を作っているという風だから、聞いている余にとってはかなり痛かった。……今頃はもう宿所で寝ているだろうが、さぞ寂しく悲しいにちがいない、泣かずに寝たかどうか、――元気で、明るい気質が損なわれないように祈る。

背部の神経痛（又は背柱骨?）が増悪する一方で、ながく同じ姿勢を保っていられない、切迫した原稿は積っているし、フトコロも無し、いろいろなことで気持がおちつかない。――ヤス兵衛のいなくなったせいか、徹が夕方からムズかって困った。明日からはよき日であるように。

＊静岡県熱海市南部の旧町。

九月八日

今日ヤス兵衛がとうとう悲鳴をあげて来た、哀切の念の溢《あふ》れた文字で父母に呼びかけている、宿の道筋の図を書いて、――先生は涙をこぼしてしまう、かわいそうにと思う、いかにもいじらしい、奥さんも珍らしくセンチになりすぐハガキを書いた、「やっちゃんがんばれ――」先生も長文の手紙を書いた。「こちらももう少《すこし》がんばろう」などと呟《つぶ》やきながら、――実は先生と奥さんのほうがヤス兵衛に帰って貰いたいのである。――「士道記」一万部の認可が下りたという。「認可」なんというばかげたことだ。昨日からの雨である、――昨日はそ、北園、高橋、石田兄弟。

九月九日

今日もまたパン*より哀訴のハガキ来る、「おねがいです父さん」という文字に胸を緊《し》めつけられる、「どうしても我慢できなかったら迎えにゆくから」という約束を信じての訴えであろう、哀れであるがここが辛抱のしどころと思う。――明日篌二を代理にやるつもりなり。(切符が買えたら)

午后出版局後藤、「大逓信」の古木鉄也、来る。古木はその名に気付かなかったので、あとで気毒《きのどく》をしたと思った。雷鳴豪雨、夜に入ってあがる。

夜食の後、篌二と妻と三人で紅茶を淹れ、パンを摘《つま》んで話した、久しぶりで「家庭的雰囲気」を味わったような気持である。

＊次女・康子をさす。

九月十日

今日もヤス兵衛より封書、先生と奥さんと別に書いて来た、「正面に海がみえる、海の向うに東京がある、——海を見ると向うに東京があるなと思い涙が出て来る」と書いて来た。篌二をやったがまだ帰らない、うまく会えて、おちついて呉れるといいと思うが、——北園の家でも妻君がでかけたそうな、城左門が来ていて二時余閑談、彼は酒がなくて困っている、国民酒場へ立って呑むそうである、こちらもやろうかと思う。

九月二十六日

「妻と二子帰郷中」、朝、石井より贈られたる珈琲を喫し麪包《パン》と不断草、鮭缶詰にて軽く食を済ます。机に向ったがなかなか量《はか》どらず苦吟、煙草をふかしたり、絵を見たりする。今日も戦闘機が来たので、往来に出て両手を振って合図をすると、機は翼を振って答えながら何回も頭上へ滑空旋回して来た。——午后も机に向ったり立ったりを繰返す、がんばれ!

十月五日

数日来秋雨が続く。日吉より悲鳴に似たるハガキ来る、困憊の状がよく表われている、すぐ幾千《ママ》か持って駈《か》けつけたいが思うに任せない、こういうときは金が欲しいと思う。西谷が鰶《こはだ》を持参、「夏草戦記」は八雲書店から出すことになると、定価も二・五〇にするため再届をしてあるそうだ。鰶を添と宮野へ分ける、宮野へは生麦酒と

「大日本史」購入の被心なり。――夕食后篌二が仕事部屋へ来て九時近くまで話す、やはり頭が散慢で中心点がない、何か一つ野心を持たせたいと思うのだが。――徹がしだいに個性を発揮し始めた、頼もしい子であるが、たぶん養育に骨の折れることだろう、恐らく四人の中で彼といちばん争うことになると思う。――「富士」のために「草鞋」を書き始めているがなかなか書出しがうまくゆかず苦吟、明日からはムリ押しにでも進めなければなるまい。

国家観念に就て考える、現在かなり多くの人々が外国語を排せよと云う、是にも真実のないことはない、或種の人々はフランス語に堪能なる余り、そしてフランスに遊び音楽美術に眩惑《げんわく》される余り、フランスの事柄には精通しているにかかわらず、日本に就ては甚《はなは》だ識《し》るところが尠《すくな》い、例を挙げればバンサン・ダンディ系の作曲に巧な或青年は「忠臣蔵」を全く知らなかった。之《これ》に類する事は恐らく枚挙の煩に堪えぬだろう、――ところが反対に「外国語を排す」人々の多くが、そう云う口の下から「漢文を読み得ないようでは不学である」と云い、「自分は日本人の作詩は読まん、和臭が付いていかんから――」と称して得々としているのである、林道春は「本朝通鑑《ほんちょうつがん》」を撰《せん》するに当って、日本人の始祖は姫姓《きせい》也としたが、当時の思潮はすべてが支那を偉大なりとした為に、かかる国体の隷属化をさえ自ら甘《あまん》じて犯しているのである。——わが歴史の各代を通じて文物を海外に受けた、然《しか》も指導者がもっとも早くもっとも多く舶来の文物の影響を受けたが為に、斯《かく》の如き過誤を繰返したのである、正しき国家観念は、したがって時代思潮とは別個のところに偕在《かいざい》しつつ伝承して来ているのである、今こそこの「偕在」を「顕在」たらしめなければならぬ時だ、海外文物を観賞玩味し、採長補短の科に供することはよいが、それに毒されるような卑弱な精神は断じて破砕しなければならない、四書五経を焚くのである、マルクス全集を焚くが如くに孔孟《こうもう》の書を神壇から引下ろすのである、そして本来の日本の面目を顕然と国民の内に日月の如く喚起するのである、それが目今の急務だ。

いま予定にある物の内「草鞋」では道徳を他に求める弊《へい》に就て書く、徳義の心は己の内にある可《べ》きで、之を他に押付けてはならない、一人一人が己を正しく生かすことから始めて世に徳義が行われるのである。「蕎麦の花」では民間に在って政治の善悪を論ずる者が、ひとたび枢府に就くと忽《たちま》ち秕政《ひせい》を行って恥じないことを書く、藩政の大綱は重大であるが、最も鎖末な俗事を見のがしては大綱を喪《うしな》う、大事業は衆目の認めるところだから為政者は勉めて其《それ》に意を傾注するが、瑣事《さじ》を閑却したる大事業は土台石を選ばざる大廈《たいか》の如きものだ、其点《そのてん》を書く。「菊屋敷」ではできるだけロマンティクを書きたい、幸うすき女性が、半生を侍の子の養育に捧げて、然も酬われざる結末である、子もまた養母に敢《あえ》て孝を酬わざることが教訓を生かす道だという悟り方、——約百二十枚、始めての中篇なので期待が多い。やれるだけやってみる。

十月六日　雨

朝から雨、茶を喫し、薯《いも》を貪り、茶を喫し、飯を食い、椅子に掛け、徹と遊びて日を昏《く》らす、晩傾添来る、津田沼の二宮校訪問の報告を聴く、教育当事者の弛廃《しはい》堕落せる有様は耳を掩《おお》うべきのみ、——自分がそういう年令に達した為に頑くなになったのか、世相の腐敗が著じるしくなったのかわからぬが、有《あら》ゆる事物が耳目を掩うべきものので、乱離《らんり》たること今日の如きはないと考える、かくのごときも結着すれば己の責任と云うより他はあるまい、己みずから先《ま》ず省りみて恥じざる人間と成ることから始めるべきである、斯《か》く凡《すべ》てが紊乱《びんらん》し果てては手を附くべき所も人もない、なにもかも己から始めるより他はないと考える。しっかりやろう。

十月七日　風雨

未明より豪雨、書出しはついたが進まない。ミュッセを読み、茶を喫し、徹と遊んで昏らす。夕食は珍らしく精進揚げ也。妻は胃痛の後なので案じたが、大丈夫だったようだ、――「草鞋」の篇中へ肚切り蜘蛛《くも》の条を入れることにして細部が安定した。明日から進むだろう。独り雨に昏らしつつ日吉はどんな気持でこの雨を聴いているかと思い、石田は、ヨハンはと連想はもの悲しく暗い事ばかりだった。雨が続き過ぎる、もう晴れて呉れなくてはいけない。――今十一時半、雨はあがった、流れ雲の間に月が陰顕している、明日は晴れるだろう。きよと康子に書。

日吉に就て考える、援助という程ではないにしても若干の物を届けたいと思うこと、この考《かんがえ》が正しいかどうか。これまでの例にしてもそういう事は根本的には何物も寄与していない、こういう抜道のある事は、却《かえ》って人に背水の意気を持つ機会を避けさせるだけではあるまいか。己には実を云うと人に助力するだけのちからは無いのである、「苦しいだろう、こんな時は僅少でも助かるものだ」そう思うことに嘘はないとしても、その心理の底には助力の自己満足が無くはない、虚栄さえもっているかも知れない。徹底的にその状態が救えないなら、寧ろ助力を拒むのが正しいのではないか。此《この》事はよく考えなければならぬ。七日夜半

十月八日　晴

朝から快よく晴れた。連日の雨で頭の芯まで濡れたような気持だ、鬱陶しくて机に向えない。北園からハガキ、彼は子供を三条市の縁家へ移したのである、疎開学園の教育、衛生は余り良くないらしい、己等も二人を取戻そうかと考える。——午後そを訪ねる、夕餉《ゆうげ》の後、妻が窓硝子《ガラス》を破る、つい疳癖《かんぺき》が出て、「この頃どうもいかんな、少し田舎へ帰って静養するがいい」などと悪態を吐いてしまう、然しその後で二人で紅茶を喫したのは幾らか自制がついたわけであろう。——それから神西清の「垂水」

を披《ひら》き、フト技痒《ぎよう》《ママ》を唆《そそ》られて半五枚まで書く。《最初の部分を空《むな》しく何十遍となく書迷うことがある、……幾十枚書き潰そうとそれは正しい緒口《いとぐち》をみつけるためで、決してムダではない、それをみつけずに始めると後で必ず道に迷う、やはり初めに真の緒口をみつけなければ全体のまるみは望めない》

十月十日

石井来る、松たけ、鮎、栗、柿、柘榴、枝豆、（それ用の酒一壜）持参。——篌二の不始末発見、己に出《い》でて己に還《かえ》るもの、我この責を負って起《た》たん。

十月十一日

西井来る、そ来る、一日じゅう煙草七本、前日の打撃にて仕事に手がつかず、半八枚まで。篌二は妻がつれて登校、鈴樹なに事もなかったように遣ってみると、妻は安心していたが、己には不満である、そういうごまかしは今度だけはいかんのだ。——

然しとにかく見ていよう。

十月十三日

昨日はそが慰めの意味だろう、午頃から迎えに来て酒と麦酒を馳走して呉れた。今日はやや宿酔《ふつかよい》の気味である、午前中に「士道記」の校正三十頁来る、やっているうちに「海軍」の金井が大滝青年を同伴して来た、談一時余、校正を終ってから東京へ出、稲津を訪う、(金談)会わず、帰って牛鍋《ぎゅうなべ》で麦酒二本。(岩野より)

米機動部隊が台湾を千機空襲した、我が陸・海空軍は之を夜間洋上に捕捉して反復攻撃、空母一、艦種未詳一、を撃沈。空母一、艦種未詳一、を撃破、尚《なお》撃墜百余機の戦果を挙げた。省児はいま台湾にいる筈《はず》である、安否いかにと思う、——無事なれと切に祈る。

十月十九日

己には仕事より他になにものも無し、
強くなろう、勉強をしよう。
己は独りだ、これを忘れず仕事をしてゆこう。
神よ、この寂しさと孤独に
どうか耐えてゆかれますように。
今日までの己は自分を甘やかしすぎた
己は今こそ身一つだ、
なんにもない。
浦安の*茫屋《ぼうおく》にいた時の己に還るのだ
なにも有《も》たぬがゆえに
すべてを有つのだ。
仕事だ、仕事だ。

＊一九二八年夏から二九年秋まで、千葉県浦安に住んだ。この経験が後に『青べか物語』を生む。

十月二十日

仕事せず。石田敞作来る、棋二番、忠地来る、棋一番、馬肉が入ったので白米を炊かせて夕餉を共にす、縁談二つあったが、一は此方《こちら》から断わり二は相手から拒まれた由、理由は「年がゆき過《すぎ》ている」からだと、そう云う女のほうが二十七才だそうで、ちょっと気強さにおどろく。近く工場の班長（伍長《ごちょう》）になるとかで、彼なかなか風格を示していた、あれがイタに着いて呉れるとよいが、そうでないと嗤笑《ししょう》を買う結果となろう。――昨日から吸売煙草を竹パイプで喫している。いくじのない話だが、篌二の事で意気あがらない、明日から仕事をしよう。

十月二十一日　雨後晴

やはり元気が出ない、気力が虚脱したようで、なにをする気持にもならない。午前中昨日の肉をそへ持参、午後古河三樹君が蔬菜《そさい》を持参、知人の出征者へ贈るため国旗へ署名の依頼なり。夕傾稲津を訪ねて金談。火曜日の約束、「婦道記」続篇の契約。「士道記」再版の申請。

十月二十六日　雨

朝のうち早く省児来る、会社を休みし由、茶の後で古本を見に出る、二タ月ぶり也。帰って来て朝食（彼には午也）鮭缶を明け、南瓜《かぼちゃ》の煮付と汁。——三時までいて帰る、その後石田畝作来る、「士道記」の督促、書けそうもないので一回休載を頼む、「三十日まで書き続ける——」ことにして去る。夜食の後、浦安後期からの日記を読み返す。感慨少なからず。明日から……。

十月三十日

昨日はひどい宿酔で、朝から吐き、迎え酒（なんというすばらしさ）をやったが利かず、フトンへはいってウンウン呻《うめ》き、薬をのんだり熟柿を食ったり、一日じゅう苦しみ昏らした。夕方から玉川で省児の歓迎会があるのだが、もちろん欠席、——今朝はこわごわ白粥をたべたが、ふらふらして筆が持てず、いよいよ「士道記」は休載ときめているところへ敵作が来て膝詰の談判（……これはまだ酔っている調子だぞ）二人で一盞して、四日まで待つことにして手打ち。夕食はともかくも半六枚まで書く、どうやら続稿可能のようす、雨やまず、夜食して筆を措く。

人の意見は聴かなくてはならぬ
己の非を認めるに吝《やぶ》さかであってはならぬ
誤っていたと信じたら改ためるがよい
しかしこの三つを守るために
些さかでも卑屈になり己《し》を下げるなら
寧ろ三つを破棄するには如かぬ

人には弱点がある、醜い反面がある
言行必らずしも直からず
省りみて忸怩《じくじ》たらざる無きはない

身も心も傷だらけなのだ
万身《ママ》創痍《そうい》となりながらもへたばらず
つんのめっては起き
踏み倒されては立ち
いかなる悪戦苦闘にも昂然《こうぜん》と額をあげ
屈せず撓《たわ》まず高きをめざして往く
そこに人間の真の生命があるのだ

来《こ》し方《かた》はみな垂れたる糞《くそ》だ
糞の善悪を論ずるには及ばない
「こいつはいかん」と思ったらさっぱりと拭いて
棄《す》てるがいい、あとは汚穢《おわい》屋が汲んで呉れる
こっちはひと足お先に、さあ
仕事だ、仕事だ——

十一月一日

昨夕日吉来る、話している内に雨が降りだしたので、泊ることになり夕食を出す、八時—九時まで「不断草」の放送を共に聴き、十一時まで雑談、苦しい中にわれらの生きる道のある事、例の如く……北園の詩などを読みて床に入る。己は前夜殆んど睡っていないので、早く眠ろうとしたが、彼と啜った少量の焼酎がさめてなかなか寝つかれなかった。——今朝共に食事をして茶を喫していると田沢八甲来る。「早々ともう客ですか」と日吉、会ってみると「大逓信」の原稿督促なり、それより一時ほど日本の文化の話、田沢が帰るとあと日吉の原稿を読み、そのサゼストをしているところへ風間真一来る、そこで日吉が去り、風間と酎を啜りつつ話す、正月号の原稿（二十日まで）そこへ北園来り、風間が去る、三十分程もしたかと思う頃空襲警報が鳴りだした。

のっけからの敵襲にどきりとする、北園は匆々《そうそう》に去る、己は身支度をして妻子に「事前退避」を命じて組内を一巡、横井の妻（耳不具）を伴れだすと警鐘、「敵機来」と考えて壕《ごう》へ入れ、己もおちつけてやる為に共に入り、すぐ出て見張に立つ、宮野が田舎へ帰ったので、防空班長、群長を代行しなければならぬ、――篌二を妻の許《もと》へ三四回使いにやる、余が心をかよわせる也。町会役員来り「ラジオは謀略が入るので本部伝達のほか信ずべからず、なお敵襲状況は群長の目睹《もくと》判断の上組員を指揮すべし」と。

この間ラジオにて「B二十四数機にて京浜地区へ侵攻中」と放送せる由。防火当番として働ける者は、己と婦人三名「みんな一騎当千のつもりでたのみます」と活を入れる。三時後、空襲警報解除、一時後警・警報また解かれる、「小松川地区へ一機撃墜」「白い煙を吐いてゆく敵機を見た（二人）」等の噂とぶ。

徹は幸い泣かなかったが、警・警報のとき、妻が壕の中の手荷物を取りに入っていたので、「ブー、ブー」とサイレンのまねをしながら泣いたそうだ。心が痛む。――五時発表によれば敵はB二十九一機にて侵入、偵察の後なす事なく遁走《とんそう》せりと。西部太平洋マリアナ基地より来冦《らいこう》とのことなれば次での頻来は期すべし。いよいよ本格的空襲の期となった。さあ来い。

午後九時過再び警・警報、満月の静夜なり。――忘れていたが夕食後北園を訪い、酒一酌。夕食前、弟の留守宅と添を見舞った。――月明の空を哨戒機しきりに飛ぶ。

いま午后十一時。

十一月二日

曇天、朝食中警報解除。篌二に戸越へハムを持たせて遣《や》る、後牛骨と筋、ハム一片を北園に届け、帰って仕事にかかると間もなく省児来る、続いて添、栗原を同伴し来り茶話一時、後省児とハムで昼食（久々也）して仕事、夕食後もぽつぽつ続けてようやく八枚めまで書く、雲多く、月おぼろ也、敵機の来攻には好都合というべし、ラジオはしきりに警告を繰返す。

十一月三日

朝から雨、妻は二児を伴れて雨中を磯子へ行く、独り雨に籠って仕事、妻子は夕傾帰宅、牛肉の配給あり、焼いて夕食をとる、ラジオ陸鷲《りくわし》*のサイパン、テニヤン両島米空軍基地強襲を報ず、佳節に当り一昨日の答礼とおぼえたり、徹を抱きて思わず万才を叫ぶ。「神風隊一機命中……」云々《うんぬん》のレイテ島襲撃を聞きつつ、あまりに惜しき若桜と心ひき裂くる思《おもい》なり。別に詳記すべし。――「源八」十二枚まで、今宵は寝る。宮野より川蟹三匹土産。康子、西田より来信、今十一時、雨あがる。

✈陸軍の攻撃機。

十一月四日

朝快晴、喫茶して什事、午後敞作来る。待たせて書き、四時過ぎ二十七枚脱稿、読んで渡す。五時省児来る、台湾より生還の祝い、心ばかりなれども、牛肉、ハムにて食事を共にする、（エスペーロウィスキィ省児持参）。雨が降って来たので省児が帰ると、代って宮野来る、田舎で空襲に遭った話、防空の件に就て相談十時去る。雨天は敵機来の可能性大なり、戒慎して寝る。

十一月五日

朝から「士道記」校正、午前十時頃警・警報発令、支度をして組内を一巡、「初めの三十分はすぐとび出せる用意を」と幼児のある家々に注意している内空襲警報となる、妻子を待避《ママ》させていると宮野が工場から戻って来た、そこへ「敵機来」の警鐘、壕へ待避すること二分、出て見張りに立つ、向うの吉村（日経新聞社員）と話しながら哨空する、雲低く友軍機も見えない。——「一日の対空射撃に不発弾あり、銀座松坂屋裏の民家に墜ちて爆発、一名死し三名負傷」の話、後潔宅を見舞う。

待避壕の中で「主命について考えたこと」〔この一行、欄外記述〕

東部軍情報ラジオ「伊豆上空を敵機一、北進中」

其二「敵機は東方海上に遁走せるもなお南方海空を警戒中なり」

其三「敵機屢次《るじ》の飛来により厳戒を要す」

十一時過ぎ空襲警報解除、妻子ら帰宅、己は空襲中も鉄兜《てつかぶと》を冠り、玄関に立机を出して校正。添来り一時余話す。午食後校正、夜に入って快晴。今日は六十頁校正したのみ。――静夜なり、敵機よ来れ。

十一月六日　晴

不眠が続くので、朝いちど眼が覚めてから又眠る、十時近くに覚め、寝床の中で茶をたのんでいると警報が鳴りだした。すぐ起きて支度をする、徹が篌二に負われて帰って来る「タータン、アタチタタネータタノ」など、サイレンの鳴ったことを知らせる。前日のように待避の準備を触れて廻り巡視を終るところへ宮野が工場から駈けつける。茶がはいったので薯を菓子に喫茶、玄関で宮野と桜井に茶。――情報「伊豆上空を敵機ラシキもの一機北上」とあり、三十分ほど過ぎてもなんの事もなし、「これは定期便になりそうだね」などと云っているうち宮野は工場へ、己は食事をして校正にかかる。午後二時校正終る、速達で送る、この頃解除になったらしいが伝達なし。

夕景散歩、風ようやく冷え、落葉しきりにして秋色うごきそめたり。夜食ハムの脂身にてカレー美味。

十一月七日

午后一時頃警・警報、添宅より帰ると石井が来ていた、（麦酒三本）組内を廻り宮野と水を汲んでいると大崎方面で高射砲の音しきりにする、家人に注意しているうちにようやく空襲警報となる。妻子と石井待避、砲声北西に移り、機雲（大なるもの）その方面に見ゆ。数十分后己が位置より北北東の高空より千米《メートル》ほどダイブして来る敵機と機雲見え、警鐘、敵機はおよそ五千米の高度にて大崎より品川辺の上空を東方に向けて航走しあり、高射砲弾炸烈すれども後方はるかに遠し、敵機は悠々と向昇しつつ、雲間に遁走し去りぬ。ラジオ「敵一機東方より西進中」「敵機は帝都上空にあり」「敵機は東方へ退去、京浜上空に敵機を認めず」。

三時過、石井を駅まで送って来て昼食、麦酒一本、久しぶりにてうまし、——明日米土にては大統領選挙なればここ数日は厳戒中の厳戒を要す。いつでも来い、用意はできている。夕六時

晩餐のとき酒二盞、麦酒一、今宵必至の敵来に備えて元気をつけしもの也。眠くな

ったので寝る。ヘン、来やァがれ。九時

十一月八日

空襲を今か今かと待つ気持はおちつかない、正直に云ってかなり大きな不安である、その不安の根はやはり生命に対する執着であろう、「生」というものが不安定で恒《つね》に「死」と当面していることは、理念としてはわかっていながら、避くべからざる状態が眼前に迫ると考えると、さような理念では拒否することのできない恐怖が生れてくる。これが本能的なものか人間的なものかということはにわかに断定することは困難であろう、自分はこの日記の上にもしばしば書いているとおり、自分の死ぬことはなんでもないと考える、後に残る妻子の上を思うがために不安が生ずる、そう書いている、それは正にそのとおりであるが、それだけだと断言はできないと思うようになりつつある。――例えばいま日本のためには我家の周辺を爆撃されるほうが、重工業地帯をやられるよりも望ましい、それを望ましいと考える点に虚飾はないけれども、どこかにその逆であることを希望する臆病さが絶対にないとは云いきれない、こういう気持は事実が現前すれば消えてしまうが、その事を空想している限り避けられないものであろう。――北九州の時を考え合せても、台湾、沖縄の例をみても、爆撃に依る死者は極めて少数であって、「大したことはない」と云いもし考えもしたが、いざ己の上に之を実感として受けると「大したことはない」では済ませられないのである。ここに「生命」を中心とした人間の思考の根強い執着が動かすべからざる権威をもつのだ。

十一月九日

スターリンが革命記念日の演説に日本を「侵略者」と断定した、また英米に対して明らさまに好意を越えた挨拶を送っている。今日スターリンがどうしてかかる石をわれらの上に抛《なげ》うつのか、不戦条約の根幹がゆるぎだしたとみるより他ないが、なにが原因であるか、どちらに責任があるのか、これは忽《ゆるが》せならぬ重大問題である。そのことを、――その事実の重さを、責任者は正当に理会《ママ》しているのかどうか、この点を国民はよく見ておかなくてはなるまい、或は近々日ソ間に重大転換があることを期すべきかも知れぬ。

なにか事があると自分を悪い方へ悪い方へと考えたがる、これが人間の弱点である、そう考えるあいだは決して悪い事態はやって来ないものであるのに。

午頃西井来る、「草鞋」督促、月曜日を約束。夕方までに半六枚。――今日は秋晴れの一日、すばらしく静かな黄昏《たそがれ》だった。篌二鉄道員試験に合格、どうなることやら――。

十一月十日

仕事遅々たり。午后北園来る、続いて一郎、乙彦来る、スターリン演説の話、みな関心の的にしている。ベニヤ板の小型サブマリンの話、北園去ってより篌一の始末を語る、一郎にもかなりこたえたよう也、「なんとかしましょうよ」と親身に考えて呉れる。純麦に薯を入れたる飯を供す。二人とも七時半近く帰る。麦酒一本、「義経の女」書直し一枚。曇天、星あり、風いでて気温冷える。

十一月十一日

鈴ヶ森の西村の老母逝去、昼食して添と共に弔問、二〇、麦酒二本を供されて帰る、この前後西部地区へ米B・二九、八十機にて来襲のラジオあり、緊張す。――夕傾篌二と話す、彼泣きながら「難有《ありがと》うございました」と云う、胸にグザと刺さる言葉なり、吾もまた忘るべからず。

仕事はかどらず、十三枚めまでにてやむ。――曇天。

十一月十二日

大塚良一、久方にて来る、七日の敵襲に明電社にて少女たちが恐怖のため泣きしと。「この工場は目標になる」など、ふだん脅かしていたもの、心なき人多し。夕傾添来る、野菜若干。夜はケンチン汁におとし焼、美味。康兵衛より来信、ようやく落着いたようすなり。今日も曇っている。――朝省児が来ての話「立川上空にて友軍戦闘機二が敵に挑み、一機は下から肉薄したが、白い煙を吐いて木葉《このは》落しになって下へ――」と。

スターリンの声明に対して我政府は未だなんの説をもなさず、嵐来らんとして風楼に満つの気、――ここに興廃の鍵あるに似たり、起つべきならば起て、下手なみせかけや強がりや無算当がいかなる結果を将来するか、全国民の生命を賭して経験するもよからん。全員玉砕は我国輓近《ばんきん》の美風なり。散らばいさぎよきをこそ――。

十一月十三日

河原より鰶《こはだ》五尾、二尾を酢に作る。豚肉到来。西村が麦酒一本持参、将棋五番（二勝）夕景豚を鍋にし、鰶の酢を肴に一盞。仕事はかどらず。篌二の勤務先は「浜川崎駅」ときまる、寄宿は（東神奈川）。

十一月十四日

風間真一来る、正月号の話、講談社出版局より後藤来る、「婦道記」重版の申請書に捺印のため、「続篇」出版の念を押して去る。風間と郊外を散歩。――今日は珍らしく快晴、されど気温が冷えて手足の指が凍えた。「草鞋」四ノ書出しまで、これでもうぬけられるだろう。篌二今日より出勤。昨日もまた陸軍特攻隊の壮絶あり、心痛むこと切なり、神よ。

十一月十五日　晴

寒気が強い、朝のうちに日向ぼっこをしたり机に向ったりしてなかなか進まない、禁を破ってまた火を入れる。午後西井来る、妻は買物で出入が急がしい、夕食後すぐ出発、岡部町*のきよを訪ねるためである、午後十一時東京発夜行である、危険のないように祈る。――こういう状勢のなかではいつ生別にならぬとも限らないが、それは己も妻も今さら考えあぐむことではなくなっている。しかし平安なよき旅であるように――。

＊静岡県中部の旧町。

十一月十六日　雨

朝ゆうべの温飯とおとし焼、味噌汁にて食事、「草鞋」にかかる、（午前中は「伊豆の梅」四枚まで）昼は雑炊。午後添来る、「つる屋」へ麦酒に並ぼうと約して、出かける途中月田と会し添は帰る、――つる屋休みの由。独り帰りておとし焼を汁にし、甘煮《うまに》と昆布巻にて夕食、それから「草鞋」続稿。

レイテ島の戦況は苦境にある、昨日は午后一時から首相邸にて重臣会議が五時までであったと。おそらくソ聯問題であろう、実相が如何《いか》なるものか知らないが、衝突を避ける為には屈辱外交となるべく、硬論が起って例の「壮烈好み」が勝を利するのではないかと惧《おそ》れる。こんどこそ魂だけでは不可能だということを知るべきだ、――然しかかる時勢にはいきおいの歇《や》むべからざるものがあって、無理を押切る例がないではない、すなわち千番に一番のかねあいである、日本人は由来こいつが好きだ、そして屢々《しばしば》幸運を獲得している、もしやるならこれが唯一の集注《ママ》点となるだろう。ここ数日のうちに、おそらくは運命の賽《さい》が投げられるとみなければなるまい、一日一日がまことに全神経を叩いてやまない。神よ。

今日は朝から雨でひどく冷える、坪庭の樹々はみじめに落葉して、時々蝕《むしく》った柘榴の実が音高く落ちる。——蕭殺《しょうさつ》たる日である、想は暗い、仕事の内容に就て、ゆくべき方向に就て、もっと考えなければならぬのだが、頭は絶えずレイテ島にとび、「特攻隊」（合掌）の壮絶にひかれる、特攻隊に就てはもはやなんの言葉もない、どうかこの若き神々を犬死にしたくないものである。

シュニッツラーの短篇「ギリシアの踊子」

マティルデは良人《おっと》グレゴールを溺愛している、良人は女達に絶えず関係する、マティルデは嫉妬と闘うがついにその苦痛に堪えられない、そして自殺をするのだが、良人に対する愛のために、（その醜聞となることを避けて）自然死を装うことに成功する、良人は知らない。——この主題は欧州人には珍しいであろうが、我国ではさしたることはない、根本的に違う点は「嫉妬の苦しさに堪えられない」というその情熱の量である、この「量」は我国の女性にはないと云えよう。

十一月十七日

朝雑炊の残り二椀、仕事をしていると石井来る、酒、リオシ二本持参、一盞している ところへ月例訓練になる。石井は帰って、あと刀根夫人と己の二人で訓練。——向う吉村「東京新聞」氏の談に依れば、スターリンの演説は全く抜打だったと、——前日ソ聯は日本外交団を招待して未曾有の歓待レセプションをやり、そのあとであの演説をしたのだそうな。「レイテの敗戦を見越してのこと——」と云う。スターリンがそんな甘い夢を見るとは思えないが。おそらく外ム省の迎辞と思うが、——未詳。

夕景添来り、一盞、それより「つるや」へ並んで一本ずつ帰って来て添宅で赤豆飯を馳走になる、帰宅したら妻が戻っていた。蜜柑土産。

十一月十八日
朝から雨、ひどく冷える、仕事遅々たり、三十枚め迄。「開拓旬報」寺島来る、正月号よりの連載の話、まず難かしいと思う、来月五日まで、——夕景ナオシ一盞、牛肉の煮物に白米で食事、徹がむずかって手こずった。戦況なにも報導なし、ソ聯事情また同じ。

十一月十九日
「草鞋」五枚、三五まで。午に省児が来た、また台湾へゆくという、砂糖を買うのが目的である、とめたが肯《き》かない、甘くみるとヒドイめに遭うだろうに。古本を見にゆき、午后二時すぎに去る。エスペーロ小瓶半分持参、夕食のときナオシと割って呑む、よろし。——晴れて秋暖、徹ますます暴れる。稲津より来信「婦道記」督促。

十一月二十日

四十枚まで書き、また三十枚より書直しとなる、石田が来て話していると西井が来た、三十五枚だけ渡して帰って貰い、石田と話す。夕食を共にする、ウィスキィとナオシの混合酒をアペリチフに鯉の味噌漬とカレー汁「ずいぶん久しぶりで御馳走ですね」と石田。八時になったので駅の上まで送り、帰ってから仕事、明朝あと約十枚。しょせん「富士」には載らぬであろう、ゼヒ載せたいものではあるが――。よく晴れた暖い一日だった。今日は充分に仕事をした。

十一月二十一日　曇、小雨

朝から仕事、午后一時「草鞋」四十二枚終る、石田敞作が来て、「土道記」打切りと告げる、晴南社から出版された広告を見て、旺文社長が「なぜウチの社から出さなかったのか」と怒り、他社から出版された以上は、ウチの雑誌へ載せることはできぬといきまいた由。――それ程重要に見て呉れるのは難有《ありがた》いわけである。

即日かかる筈の「蕎麦の花」はしたがって延びた、肩が軽くなった感じである、向う鉢巻でやりますかネ。――牛肉来る、中村より麦酒来る、南京豆来る、石田と森ヶ《ママ》鈴に呑んで帰り、又一盞、酔すこぶる佳し。雨あがる。

十一月二十二日　晴

晴れて暖かい一日だった。久し振に睡眠不足を取返して、十時まで寝た。妻は事前待避壕の整備にゆく、朝食后己はプラターヌの枝を下ろした。篠二の園芸用小鋸《のこ》でやるので量がいかなかった。午后風間が来た、正月号のはなし「足軽奉公」ときめる、一緒に散歩する。――五時前、妻が横浜駅まで石井から大根を受取りにいったので迎えにでかける。すぐ会って担いで戻る。半月佳く、帰って来て麦酒一（林寄贈）ナオシで盞、スキ焼で食事。「伊豆の梅」三枚。

十一月二十三日　晴れたり曇ったり

夕傾までに「足軽――」八枚、午后前篌二帰宅、鰯切干と冷凍鰈持参、スキ焼で午食をさせる、元気になり眼立ってハキハキして来た、問いかけると打返えすようにハッキリ返辞をする、嘗《かつ》てなき態度である、好む生き方なので張合が出たものとすれば、どうかこれが本物であって呉れと希《ねが》う。――今は雑務が主、「連結手」が足りないので、その補助もするため見学中なりと、車体の下のホースはもう繋《つな》いだと。使いのときは機関車に乗って往来する、その折は機関手が度々掛りさせて呉れるそうだ。寄宿舎は六帖に二人、昼夜交代だから寝るのはいつも一人とのこと、五時半起床、鉄道体操は「そこら中が痛くなる体操です」と云う、態度も言葉つきもすべてよし、どうかこの調子でゆくように――。

夕食后添来る、第一学校でニュース映画ありとて誘う、出るとよい月で、丘の櫟《くぬぎ》林の道をゆく、谷中《やなか》の俚地《りち》は靄《もや》にけぶって灯火点々、久方ぶりに旅心地を味《あじわ》った。会場では青年が「独ソ戦」の演説をやっている、よくわからない、聴衆の九割は幼少児である。映画は台湾空襲、比島中空戦、特攻隊など、わが空母へグラマン機の来襲する姿がスリリングだった。特攻隊には心痛み頭が垂れるばかりだった。――帰って来て「伊豆――」三枚、紙で湯を沸す法を学ぶ。夜食に雑炊を作った。

十一月二十四日

午すぎ敵襲、情報によれば「サイパン基地よりB29七八十機、数機にて帝都上空へ侵入、三機ゲキ墜」という。B29六機編隊に西方より北東に飛ぶを見た、待避すると間もなくヒュルンヒュルンヒュルンヒュルンという（爆弾落下音？）ものが聞え、東北方でズシンと地響きがした。大崎方面にウス鼠色のかなり大きな煙が一時間ほど立昇っていた。「敵機来」の警鐘相次ぎ、また編隊機雲の大なるものを認める、待避中に再び「落下音？」

午より三時すぎまで敵機の蹂躙《じゅうりん》に任せ、ようやく敵退散デマの飛ぶこと常の如し、今日は徹は元気でいた。敵は過日の偵察を基にして、帝都外郭の要所を覘《ねら》ったのではないかと思われる、大森地区は殆んど黙過するようすがそれを疑わせる、重要工場の安全を切望する。かかる高高度では手の下しようがない。高射砲も射ったり射たなかったりで、友軍の奮戦も見えたが格別のことはなかった。——大館《ママ》内相*の談によると焼夷弾を投下したそうだが、帝都か他地区かわからない。今夜は半月で静かだ、用意を怠らぬようにしよう。

*当時の大達茂雄内務大臣。

十一月二十五日

新聞でみると荏原《えばら》の方がだいぶやられているようすなので、河原の自転車を借りて戸越を見舞った。内野病院のまわりへ爆弾が三つ落ちて負傷者が出たとのこと、「落下音」と思ったのは果してそうで、秋山の倉もぐらっときたそうである、煙草「光」を貰って帰る。午近くに警・報発令、支度をして添を見舞う、（内野附近の話）軍情報は「八丈島上空を敵大型編隊北上中」という、さあ来いと待っていたが　時頃「旋回遁走せるものの如し」続いて「帝都上空に敵機なし」という、そこで玄関へ机を出して仕事を始めると、間もなく解除となった。——午前中博文館から女記者が原稿を取りに来たが、社へ着いた頃サイレンで驚いたであろう。

午後四時前、東北方で爆発音があった、埋没爆弾の破烈《ママ》かと思う、周囲は立退いた頃だし、発掘作業の軍官人に被害があったのではないか、（未詳）夕方から夜へかけて「足軽――」十五枚まで、夜宮野の店で大塚から「きんし*」一箱。内野、康、より来信、康、きよへ信。

＊紙巻タバコの銘柄「ゴールデンバット」の訳語、金鵄。

十一月二十六日　晴

朝「足軽――」十一時頃に筆を擱いて、鈴懸《すずかけ》の枝をおろした、定刻で少しおちつかないからである、ひと片付けして十二時過ぎてもなんの事もない、上衣モンペを脱いで、カレーライスを温めさせる、「食べ終るまで来るなよ」などと云っている内にサイレンが鳴り始めた。やれやれ、一杯かき込んですぐ支度。軍情報「伊豆半島上空を一機北上中なり」という、もう来そうなものだと哨空しているうち、澄んだ重い機音が聞える、頭上やや北方に一機、噴射煙を白く曳《ひ》いて快速で北航するものを認める、

「宮野あれは敵機じゃないか」と叫ぶ、宮野が「ああ敵です」と答え、すぐ「敵機頭上、――投下音が聞えたら伏せ」と注意する、空襲警報なし、警鐘なしである、敵機は北北東へ向って去る、情報二「空・警報なき間は高射砲は射たず」と、なんの意味かわからず、群内の事前待避をさせて待つ、情報三、「後続一機北上中」それ来たと待つ、結局おのれの眼でみつけるより仕方なしとみんな空ばかり見ている。吉村の話「中島（三鷹《みたか》）工場がやられて機械十八破壊、病院焼失、死者あり。房州茂原《もばら》。神奈川県下に五名死者。およそ計死者百七八十名」とのこと。

今日来る筈の省児が来ない、昨夕の爆発が内野附近でその昏雑《ママ》のためではないかと危《あや》ぶまれる。――三時過警報解除、情報四「後続一機は友軍なるものの如し」夜になって添来る、猪苗代《いなわしろ》へゆくという。帰去の后「伊豆の梅」一枚、宵のうちは明月だったが、今はまた曇っている、雨かも知れない。うどん雑炊を妻と二人で喰べてこれから寝る。「北方日本」伝法谷より来信、函館の山路史郎へ信。仕事はかどらず、困惑。4

十一月二十七日　小雨

遂に猛爆を食った、一時―から三時前まで、西北方まずやられ、北方、北東方、北方、東方と、続けさまに、大型弾と思えるものを叩きつけられた、屋根上から見たが爆煙は見えず落下音も聞えないのに、地響きも音もかなりひどい。一時は頭上に来るかと緊張した。小雨で雲が低く、全く機影が見えない、高射砲も射たない、敵は思う存分、したい放題に暴れ廻って退散した。「守るとは攻むること也」是が不動の鉄理であることを身にしみて痛感する。叩くのだ、敵の基地を叩くのだ、入れて了《しま》っては手も足も出ない、今こそ本腰を入れて敵を叩くべき時である。増産の整備を待っていては先制されて了うぞ。

午后七時のニュースに依る、我空隊は昨夜月明の海上を長駆、サイパン島アスリート飛行場を攻撃すと、これを連続強打せよ、徹底的にやるべし。

今日の爆撃は東海道、中部、南紀の諸地方に行われた。攻勢に出よとは云わぬ、叩け、叩け、先制して叩け、でないと重工業は停頓し、製産は鈍る、強行敵を叩くべし、一に対して三を酬いよ、三に対して八を。現在その他に戦なし。——今宵中村一家の移転、我家を会場にして送別の宴をやっている、（今はなし声頻り也）河原で葱のヌタにおひたし、佐藤で飯、持寄りの会である。生別は即ち死別たらんも知れず、今日ほど一日の生食と直面せる生活はなからん。よき哉。

十一月二十八日

仕事はかどらず、敵機が来ないので、却って妙に落着かない、宮野からの酒二合と、中村からの麦酒とで、添と二階で月見酒をあげた、明月（十三夜頃か？）である。後食事をしていると石井が薯を持参、九時過まで話して結局泊ってゆくことになった。

昨日の敵襲は市内で、青山、代々木、江東など、他に西北地区（佐々木未亡人の鷺《さぎ》ノ宮《みや》へは二五〇キロ弾と焼夷弾数発あり）があったと思えるが情報未詳、東海、近畿南部の盲爆であった。——叩け叩け、サイパンを叩け、その他に戦なし、その上なら敵機よ幾らでも来いである。

小説を「作りすぎる」ということを考える、つまりは「作り足らない」のである、

「作りきる」にはもっとよく考え、練らなくてはならない、主題が強すぎるために、要素に不自然さが表われるわけだ、練ることだ、もっとよく練らなくてはいけない。

十一月二十九日

十時博文館より使。続稿なかなか量どらず。今日も敵襲の時間が近づいて来た。そろそろ支度をしなければなるまい。

サイパン連打、よい哉、連打、連打、さらに鉄鎚《てっつい》を下すべし、連打を続けよ、戦そこに在り。

夕食前本信来る、夕食后昏れた道を「明朗」の中野金子来る、二月号のはなし、三月に延ばして貰う。谷中通まで月下を送る。帰ってラジオを聞くとサイパン攻撃の報導、快哉快哉。己もまた戦果をあげんとす。村雲《むらくも》あれど月明《あきら》かなり、省児来る、麦酒にて祝杯（持参）敵機よいつでも来い。——夜半十二時敵来る、荏原、大崎方面まず痛爆され火焔《かえん》雲に映ず、友軍機雲下を飛ぶことしきり也、敵来相次ぎ、川崎方面と思える方に痛爆、（篌二よ無事なれ）雨強くなる、敵機さらに来る、午前三時過ぎまで勝《かっ》テ放題に蹂躙さる、痛憤に堪えず。叩け叩け叩け叩けサイパンを叩け、テニヤン大宮島を叩きのめせ、――爆撃中、妻が壕から帰って来た、腰痛下痢、入架中爆撃、玄関にて共に待つ、（爆死なら一緒だ）と云う。――哀れなりきよえよ、この苦痛をみせる罪の一半は我にあり、万一のときはゆるせ、きよえよ。

夜明けも近からん、雨なお降りやまず、おそらく数時間后には再来すべし。感無量。午前四時五分再び敵機来る、雨なお強し、妻子を我部屋に寝かす。ややして敵機頭上に来り、旋回しばし、海岸地区と思《おぼ》しき方に投弾退去。徹よく頑張れり。あっぱれ。情報「敵数機、主として焼夷弾を投下の後遁走せり」五時に空・警解除、叩くべし断《だん》乎《こ》叩くべしサイパン諸島を、やっつけろ。

十一月三十日

午前十一時まで寝た、さすがに食欲がない、春枝をみまい、添をみまい、北ぞのを見まう、北ぞのは妻君を避難させるついでに自分も暫《しばら》くいて来るという、己も妻子を避難させようと思うが行きたがらない、――仕事のことを思うと己も疎開したくなるが、然しそれは責任感がゆるさぬ、ちょっと途方にくれた感じである。——机に向うが「原稿を書く」というまでに至らない、困った。早くこのおちつかぬ気持だけでも取返さなくてはならぬ。

隣組でも避難する者が出る、安野は早速妻子のために切符を買った。——この騒ぎに巻き込まれるのも不快だし、策なき迎敵の下で徒《いたずら》に精神を疲らせるのも愚なことのように思う、——この少しばかりとりみだした気持をよく味わって置くべきだ。

いま突然高射砲が鳴った。（不発弾処理か？）

煩悩すべからず。煩悩すべからず。

一死奉公という目的があって、初めて不退転の信念が生れる、直接の主君というものを持たないと、不退転の信念も煥発《かんぱつ》しない、ここに人間の隷属性がある。一、死の恐怖は自我の喪失と同時に自我を構成する世俗的繋累《けいるい》の喪失に対する不安定感である。

十二月一日

煩悩すべからず。午前博文館より原稿取りに来る、女記者、よく頑張ることなり。

午后添来る、吉田甲子氏*留守宅を見舞う留守。それよりヒツ道具を背負いて鈴ヶ森へ濁酒を呑みにゆく。一盞に白鷹ウィスキィ、酔えども酔わず、帰ってより三十四枚まで。小雨しきりにして雲重し。心暗澹《あんたん》たり。死に当面して迷惑すべからず。妻子を生かす方策はともかくもたてた、成るや成らざるやは運にあり、「きよえよ、もう二日だ、卿《きみ》が無事に故山へ着けるよう、亡き母上が守って下さるだろう」。

＊吉田甲子太郎《きねたろう》。児童文学者。「馬込文士村」村長と称される。

十二月二日

急ぎの仕事を片付けに長瀞《ながとろ》へ立つ、明朝までの運なり。婦倶茂木来る、西井来る、石井が麦酒とナメ味噌を持参、添と別盃《べつぱい》をあげる。

午后黄島上空を敵機通過の報あり、急いで鈴木土倉へとびこみ四〇賄う。危険一髪なり。（笑止）明朝の乗車が問題なれど、これはあるがままに任すより手なし。

この一月に経験したる生死の観念は浅くなかった、然も未だ超脱するには遥《はるか》に遠い、この原因は直接の目標を持たぬためである。「仕事」というも極めて抽象的なもので、死を叩きつける目標とはならない、「国家」に就ては勿論《もちろん》議論の余地はないが、袖手《しゅうしゅ》敵弾を待つという状態が直接に死生超脱を呼覚《よびさま》さない、兵が強いのは「一死奉公」が直接そのまま己に具現するからであろう。——己にも近く召集があるものと信ずるが、そのときを思うと寧ろ一途《いちず》になれる快感を覚えるのみだ。かかる時代にあっては一兵となって敵弾に身を叩きつけることのほうに生き甲斐を感ずるのは、只《ただ》己一人ではないと信ずる。「平生に大事を誤らぬ」ということくらい大事であり且《か》つ困難なことはない、体験せずしてこの言を云うことは易いが、現実に実践する点になると恐らく万人が手をあげるだろう、——この事実は書かなければならぬ、大事に当面せる場合は寧ろ説くには及ぶまい、今後日本のゆく道には有《あら》ゆる面で「平生に大事を誤らぬ」ということが強調されなければならぬ。生死超脱、——生も死も、遁《のが》れんとする限り断じて遁れることはできぬ、有るがままに、——とは投げた態度である、超脱の道は、やはり「睫前《しょうぜん》刻々を全霊全身もて活きる」そのほかにないと思う。そのとき採るべきと棄てるべきとを見誤らぬことが、大事を誤らぬという意味だ。——明日を思うべからず。とは蓋《けだ》しこの境地であろう、凡ゆる煩悩は明日を思い明後日を思うことから生ずる、決して刹那主義の意であってはならない。
再びこの日記を書き継げるや否やは天のみぞ知る、もしそれが可能なら、寸毫《すんごう》でも進歩した感想が記せるようにありたい。――しかし、こう書くこと自体、すでに明日を思うことである、笑止だが、足下からこのようであることを考えると、人間の観念などというものは浅薄なものだと思う。

十二月十四日　夕五時半帰宅
本腰を入れての仕事を始める。我更生せり。
十一日の田園生活がなにを己に与えたか、冷静に観察を纏《まと》めなければならない、戦下の旅行、戦下の田舎を観て来た仕合《しあわせ》を徒にしてはならぬ。今宵第一歩に還ったのだ、無理をせず、可能な範囲に於て磯子へ一部を疎開し、仕事場を分けてみっちりやる。
◎我が暦を還すの日より

十二月十四日　夜

「菊屋敷」続稿。

十二月十五日

午前二時半警報　情報「敵少数機は南方海上より本土に向って侵攻中」二「敵は京浜上空を通過しつつ焼夷弾を投下せり」三「南方海上に後続一機あり」四「彼我不明機南方より侵攻中」五「彼我不明の一機は敵機にして中部地区侵攻せり」六「中部地区侵入せる敵機は灯火を目標として焼夷弾を投下せる後、関東地区に向いつつあり」――市内地区投弾火炎みゆ――七「彼我不明機南方海上より中部地区に侵攻中」八「右は本土に侵入することなく退去せり」五時解除

妻子は三度待避所まで往復。寒気厳なれども、亘理に比すれば楽なり、市内地区被弾せるもの炎上せる如く篝《かがり》見ゆ。――警報中前日より上厠《じょうし》せざりし為催し来り前庭の

廃墟に脱便。——終って紙焚にて茶一杯、いも。東天白む。

六時頃北園の自転車を借りて戸越を見舞う、省児喜色大に昂《たかぶ》る、近子曰「馬込の先生が帰ってお父さんうれしそうだこと」省児てれる。朝食を馳走になり后帰途内野三悳を叩く、「東京を逃げる奴とは絶交だと怒っていました」妻君が笑って曰う、己「自分が逃げだしたいから怒るわけさ」三悳も大に悦び「すぐ一本つけなさい」という、「よろしい頂きましょう」と狭い茶間のごたごたした膳の上で一本あける。——帰途、馬込橋の上で喜多村《ママ》に呼止められる、島根へ疎開すると云う、「画では全く食えない」そうだ「食えても食えなくてもこの時期に東京を去っては取返しがつかない損だ」など云う。次《つい》で花岡に逢う、例の如し。午前東宝映画より「婦道記」映画化に就て本木荘二郎来る、二十五日までに脚本持参とのこと。添を訪う、妻は家を見に磯子へ行って来た、丘上の家よさそうなり、出来るだけ早く借りたし。夕食を雑炊にしてしまい、「一粒の飴」にかかる。——五枚まで。

十二月十六日
「菊屋敷」五枚、稲津来る、「士道記」見本持参、扉*悪し、再版のとき改訂を約す、「続婦道記」の切抜九篇を渡す。添来り、三人して出て、鈴ヶ森に濁と麦、久方ぶりにて酔う、——水神付近にて敵の焼夷弾の鉄枠に打たれ、壕中にて即死せる婦人の話、悪い偶然が重なっての出来事である。帰って来たがひどく酔っているので机に向わず、そのまま寝る。

＊製本された書籍の、見返しの次にある冒頭の一ページ。化粧扉。

十二月十七日　晴
寒気烈なり、六時起床、火を入れて仕事、宮野来り、茶を淹れて話す、妻君の疎開せし千葉外海岸も危険になり、三日には上空にて空中戦、地上にも焼夷弾で焼けた家ありなど。それより続けて仕事、夕傾までに十枚。夕食後、これから茶を喫して

「飴」にかかる、明日までに仕上げなければならぬ。がんばれ。——十時過ぎだろうか、「飴」十枚までにて筆を措く、今日は両篇で十五枚書いた。二つに分けてしても仕事はできるものだ、おそらく敵を待つ心の緊張があるからだろう、——こういう緊張した気持を忘れたくないものである。

十二月十八日　晴

少し寝過ごして八時半起床、やはり寒い、火を入れてすぐ仕事、午后一時十五、警報、妻子を待避させて待つ、情報一、「敵数編隊は東南海上より本土に向けて進行中なり、方向いまだ不明」二「敵編隊は中部軍監区に向いたるも厳戒中」三「敵主力は中部軍監区に侵入、我が征空部隊と交戦中なり、一部編隊は東進し関東地区西方にて旋回しつつあり」——外で待機していたがなかなか来ないので、玄関へ机を出して原稿を書きはじめた、然し情報のブザーが鳴るのでおちつかず、遂にペンを投げて美術誌など見る、情報四、「敵主力は概《おおむ》ね中部に向えるも、東南海上になお後続編隊あり、厳戒を要す」五「後続敵機は信越地区に侵入」六「信越地区に侵入したる敵は南信方面より西進せり」三時前警報解除となる、「警報解除されたるも、なお信越地区に敵機あるを以て警戒を要す」しかし夕傾まで無事だった。すぐに春枝を見舞い添を叩く、茶を喫して半時語る。帰って仕事十五枚迄。

昏《く》れ方《がた》婦倶より山口来る、「飴」十五枚、読んで渡し残余は明日午后を約す。――今宵久方ぶりにて「おとし焼」を作る、食后榧《かや》ノ実を焼いて食う、すぐ仕事、今夜中に仕上げなければならぬ。半月佳し。

「二粒の飴」脱稿二十枚。――夜寒なり、すぐ「菊――」の続稿にかかる、がんばれ。半四枚、寝る。

午后十一時前警報　情報一「敵機らしきもの南方海上より、本土に進攻中」二「敵一機は房総上空に進攻せり」という、てっきり来るものと思い、妻子を待避所へやる。三「敵機は房総上空にて旋回中」四「敵は本土に侵入することなく東方海上に退去しつつあるものの如し」この間に（空襲警報発令せられざるも一部の対空射撃を行うことあるべし）という情報あり。ひどく寒いので、待避所から呼戻すことにする、情報「なお南方海上に一目標あるを以て警戒中なり」六「解除」午后十二時。――すっかり冷えたので、寝床に入ってもなかなか寝つけず。二時頃に及ぶ、現代婦道記「挺進」仮題筋きまる。

十二月十九日　晴

朝また寝過し、急いで机に向っていると省児が来た。大森まで古本屋を見に出る、昼食を共にして仕事。西井来る、十二日夜自家附近に焼夷弾を投下され十一軒焼失と。不発弾多数、某家の妻女は焼ける家の中へ荷物を取りに戻り、三度めに焼死せりと、――自殺に類す。夕傾婦倶の山口慶子来る、残稿を渡す。現代婦道記の筋を語る。それから添を迎えにゆき、四時過省児再来。麦酒三本、肴持参、三本の内一本破れて残念がること頻りなり。添と三人にて乾杯。「するめ」「なます」「榧ノ実」「胡桃《くるみ》味噌」「干鰯《ほしか》」――二人帰るとき四日月ややおぼろなり。食事后、机に向う、がんばれ。

昨日の名古屋地区敵迎撃に撃墜十七、（内不確実四）撃破二十以上との発表あり。

生死の観念はまだ安定しない。つまり「死んでもよい」という覚悟がきまらないのである。「妻子のために生残りたい」という感じだけは薄らいできた、是が最も独善的な欲望だったのである。先人たちが事を成す始めに「妻子を棄て」たことは、この独善感を克服するためだったのである、つき詰めたところ、妻は妻、子は子である、己の生死とは本来なんの関わりもないのだ。生死にかかわらずそれが妻子に及ぼすところは末節瑣事に属し、本質的には何ものをも与奪しないのである。――人間の為すところは常に外界に向ってであり、妻子のためにではない、そう思うのはいつも己の気力の弱っているときに限る。仏徒が俗縁を断つのもまたこの意味から出たものと信じられる。肉親と離脱することを以て大悟《だいご》への出発点とした、心理的解法は的確である。つまり妻子を否定することは「生命存続」の否定である、これが可能なら生死煩悩を脱却することは容易であろうから――。

十時、疲れたので寝る、今日は人に会い過ぎた、「菊――」六十枚迄。夜気冷ゆ。星空なり。――（此次《この》に、「今夜もまた敵は来るであろう」と書きかかって止めた。敵が来るまでは「来る来ぬ」に就て考える要はないのである、人には云いながら自分ではやはり考えている、これを切捨てなければなるまい）――午前一時警報「少数機伊豆半島上空を北進中」というので事前待避をさせる、約一時間くらい眠ったところで起出すとひどく寒い、外へ出て星空を哨戒している。情報「敵は北西より京浜上空へ侵入中」というとさ、既に頭上に爆音聞え、間もなく北東旧市内の辺に焼夷弾の光茫が閃《ひら》めく。探照灯数十条が捜空しているが捉まらない、此間壕へ入ること二度、ラジオは雑音が入って情報が不鮮明である。――続いて他の敵機が大岡山（工大？）方面へ多数の焼夷弾を投下した。

友軍機か敵か不明の高度爆音が絶えず頭上にあって不快だった。午前二時「敵は南方海上へ退去せるものの如く、帝都上空に敵機なし」次いで解除となる。〇心理は静平、不安感なし。されど這《これ》は条件に依るか己が陶冶《とうや》に因《よ》るか不明なり。

十二月二十日

八時起床、朝食して散歩。北園は昨日再び三条に去りしと、花岡朝生を叩き茶と煎麦にて一時話す。帰って日記をつけ、仕事を披《ひろ》げるとたんに警報　一、「敵一機西方より京浜地区に進攻中」一機なら偵察ならんと妻子たちを待たせる。――折から煙草と寒天の配給中にて混雑する。二「敵は帝都の北方を東進中」という、頭上に敵らしき音聞ゆ。三「敵は帝都に侵入することなく退去せるも、南方海上より彼我不明機の本土に近接しつつあるを以て厳戒中なり」四「解除」○此機は都の北を侵しつつ焼夷弾を投下せり。○彼我不明機は友軍であった。〔この行、欄外記述〕

正午だがまだ配給が片付かない、仕事を披げる。——隣の広瀬留守宅では主人から今朝帰る（出征中）との電報あり、されど東海道線が不通だから（天竜橋爆破、大井橋地震災害）中央線を廻ること故、一日くらいは遅れるであろう。「生きて会えるかどうか」それが妻女の胸中を去来する感想ならんと思う。——午后添来る、三樹さんの工場の辺が焼けたという話を聞いて来たという、一緒に出て三本松裏まで歩く、留守、遥かに工業大学を望見したが無事らしくホットする。玉川あたりだという説もあった。帰って来て久方ぶりに湯を冷まして茶を淹れ半時語る。それから夕頃までに半九枚。

美しい夕焼空に哨戒機が飛ぶ、黄昏と共に不安感がこみあげてくる、なんら理由はない、時間と光との関係であろう、胸が重く、抑えられるような落着かなさである。——今日は徹の下痢がひどく不機嫌で絶えず泣く、それが心を暗くするのも原因だろう。「続稿強行」。

夕食に鯉濃汁《こいこく》あり、絶えて久しき珍味なり、箸をとったところへ宮野が麦酒を持参、二人でナマスを肴に一本あける。敵二十一飛行聯隊長が「日本は焼夷弾だけでは大火災は起せない」と云ったという話、今度は爆弾を主とするかどうかと語る。食後「草鞋」の改稿にかかる。月すでに没す、満天の星なり、いかに寒くとも晴れて呉ればよし。さあもうひと仕事だ。（后八時）——妻去って間もなく隣家の広瀬帰る、三重の警備地から、やはり中央線を廻って来たのだという、「まあゆっくりお休みなさい明日また」と云って家へ入らせる。薯で茶。めあいの後でやや疲れている、今夜は寝てしまうかも知れない。

午后十時警報、一「敵少数機南方海上より本土に侵攻しつつあり」という、妻子を待機させつつ支度。河原、佐藤宅では早くも事前待避、「行動は一緒にしなければ」と云って妻子と広瀬を後からやる。情報なかなか無し、一「敵一機は中部軍監区に侵入せり、関東地区上空に敵機を認めず」という直後、頭上に敵らしき爆音あり、北方にて敵襲の警鐘鳴る、向う隣組からは一人も出ず、我組からも己と高野、佐藤と刀根少年のみ。——少数機で焼夷弾だけなら大した事なし。という狎《な》れた態度なるべく、最も戒しむべき事なり。三「彼我不明の少数機南方より本土に近接しつつあるを此を警戒中なり」四「南方より近接しつつありし不明機は本土に侵入せず」やがて解除となる。十時四十分なり。――それから妻と軽食して寝る。熟睡せり。

十二月二十一日

八時起床、氷結甚し。すいとん雑炊を喫して仕事、文部省教学局長より「日本婦道叢書《そうしょ》」編纂に関する懇談会への招待来る。断わる。寒気ひどく煙草を節するのが障りとなりて仕事量どらず。薯を食べ、榧実《かやのみ》を焼きつつ、一枚、二枚と進める。

「近く大爆撃が来るぞ」ということを頻りに其筋で宣伝する、民心の緩むのを戒しめるためか、当局が怖れているのか、孰《いず》れにしても益のない宣伝だ。「敵はこうする」「敵の状態はかくの如く恐るべき有様だ」等々、まるで情報は米国の代弁をしているようである、軍に報導部あり政府に情報局があって、それがおよそ功果《ママ》的な宣伝といえば敵側のもののみというのだから妙だ。国民の恐怖心を徒にかき立てるだけの報導をして何の得るところがあるのか、少しは日本の現勢を一端なりと示し、戦気を昂揚する手段も構ず《ママ》べきではないのか。「近く大爆撃が必至だ」と云うなら、それに対する軍の迎撃体勢をも示すべきである。敵来らざる前に敵来るの緊張を強《しい》ては、徒に心労の過重を促すだけであろう、軍、官、ともに反省すべきである。

午后三時、広瀬より牡丹餅到来。曇ってきて、天気は崩れるようである、雨にならないで呉れればよいが。――夕五時、晴れ、西天八分に半月と明星あり、紺青に澄みあがりし空、今宵は雨の惧《おそ》れなからん。十時近し、月落ちんとす、「粥――」十枚、七十四枚となる、寝よう、静夜だ。

午後九時十五分警報一「敵少数機は南方海上より房総沿岸に近接しつつあり」という、妻に疎開せよと勧める内二「敵は房総上空より西南進しつつあり」という、妻に早くゆけと云う、広瀬がぐずぐずしている内、東方旧市内上空にチカッと閃光《せんこう》（高射砲の炸烈）見ゆ、妻をせき立てている内に探照灯二筋が敵機を捕捉し、その周囲にて砲弾がしきりに炸烈する、チカッ、チカッと美しく閃光を飛ばす。敵機は悠々と中心部から北へ、北から南転して己が頭上へ向う、警鐘しきり、己は吉村家の壕へ入る、敵機は正しく頭上に到る、砲弾の炸烈はげしく、今や今やと投弾を待つ。通過とみて壕を出ると、すぐ向うの木立の間から赤い火屑が空へあがっている「焼夷弾が落ちたぞー」と宮野の叫ぶ声がする、見ると右手の森の彼方にも同様の火屑が舞立っている、焼夷弾ではなく高射砲のものらしい。——敵機は南方へ去り探照灯も消えたので、待避所へようすをみにゆく、妻子も広瀬も無事だった、よく砲弾の破片に当らなかったものである。戻って来ると暗がりで広瀬平助君が「行ってまいります」と挨拶する、隊へ帰るのだ、妻君とは壕で別辞を交わして来たという、劇的な感慨を覚える。情報「敵一機は我が高射砲隊の射撃に遭って南方に退去しつつあり、命中弾を与えたること概ね確実なり」そして間もなく解除となった。広瀬のより子を抱いて壕から家へと迎える。徹はひっそりとして声もださない、呼ぶと「うー」と神妙に呻くばかり、今夜は少しびっくりしたのかも知れない。一郎に手紙を書いて、これから寝る。

午后十二時過ぎ警報一「東方海上より、少数機近接中」という。眠りばなで、半分は夢うつつだった、東方海上というと房総からである、妻と広瀬を（上）へやる。佐藤、河原がゆかないので、「なるべく上へゆくよう」と軽く叱る。そのための事前待避所だから。

二十九組からは一人も出て来ない、然も灯火を漏らす家さえあるので、宮野が石を抛《ほう》って窓硝子を叩き破った。三「敵一機は関東北部に侵入せり」四「侵入せる敵一機は関東北部にて旋回中なり」佐藤一大云う「第一回の敵に命中弾を与えたというのは事実らしいです。南方遠くなったとき右翼に赤い火のような光がみえました」など、——ひどく冷える、いちど上の壕を見舞い、戻って来ると五「関東北部に侵入せる敵は若干の焼夷弾を投下し、東方海上に遁走中なり、なお東海に近接しつつある少数機あるを以て厳に警戒を要す」六「東海上に近接しつつありし機は本土に侵入することなく旋回せるものの如し、目下関東上空に敵機を認めず」——ではもうよかろうと上の壕へ迎えにゆく。「解除」おおよそ午前一時過なり。

十二月二十二日

八時半起床、すぐ仕事に向う、正午すぎ警報。一「少数機東方海上より近接しつつあり」という、妻子の待避をさせる、二「敵は静岡地区に侵入せり、尚後続編隊あるを以て——」云々三「敵は中部軍管区に侵入したるも伊豆半島北方上空に一機旋回中なるを以て警戒しつつあり」四「中部地区に侵入したる敵は四編隊にして、伊上空にありし一機も西北方に侵攻せり」五「敵後続編隊の主力は中部地区に侵入せんとするらしきもなお厳戒中なり」六「敵後続機は静岡地区に侵入し我が征空部隊之を迎撃しつつあり」大体関東地区には来ないものとみえるので、玄関へ机を出して鉄兜のまま仕事をする、――婦倶、山口慶子来る、道で話す「現代小説」月曜日までという、ムリであるが目下緊急のテーマなので、ともかくもやってみると約す、出来るや否や。

今日、敵はかなりの数だと、おそらく中部は相当にやられたことだろう、本土に入れて了《しま》ってはだめだ。

昨夜の第一次に敵機を探照灯が捕捉し、高射砲が炸烈するのを見て、添田夫人は「ああ戦っているのね、これならいいわ」と云ったそうである、この言は国民ぜんたいの代表である。軍の戦っている事実を見れば、己が爆死してもよいと思う、ここに戦いがあるのだ。眼前に戦争を見ると決意は強くなる、ただ蹂躙されるだけでは萎縮するのが当然であろう。

弟と添宅を見舞い、帰って飯二椀、仕事にかかる。「山茶花」書きかけたが興が涌《わ》かない、「草鞋」の改稿五枚。また夜半に起きなければならぬので、ひと眠りしようと思う、十時頃かと思うが、世間はすっかり寝鎮まって、ずいぶん更けた感じである。

今日の敵襲で撃墜十機以上と発表された、来襲機は約一〇〇という、段々数が増して来る、敵も味方も本腰だ、日々時々の貴重なこと今日の如きはない。月すでに落ちた。

十二月二十三日

午前四時警報一「敵一機は東方より本土に侵入せり」という、妻子を上へやり警戒、寒気烈なり、西北方に大きくかがりが見える、月の落ちた光かと思ったが時間から云ってそうではない、火事とすれば大きなものだ。――四五日いなかった吉村東京新聞子が出て来る、「昨日の関東北方は（平）だった」と云う、疎開していった平松の家族はびっくりしたろう。「マリアナ基地、特に大宮島が整備されたから、大編隊の来襲が可能である」など聞く。情報二「本土に侵入せる敵は関東北部にて旋回中」三「関東北部にて旋回中の敵は京浜地区に進攻せり」間もなく敵機音らしきもの聞え、遠く警鐘の音がする、――北西上空に探照灯が集った、しかし捕捉されない、機音は西へ移り、次で東へ旋回する、高高度とみえ、爆音は鈍く微かである、――突然東方旧市内の中空でパッと光が閃めいた、焼夷弾を投下したらしい、落下の火はみえない四「敵は京浜上空を通過、東方に向って進みつつあり」、上の壕より妻子を戻す、間もなく解除。もう二時なので宮野を呼び茶を淹れる、パンと薯で一時話す、夜明けと共に寒気加わり、足が凍えて痛い。——ともかく原稿を弘《ひろ》げる、三時迄七枚。

久方ぶりで酒の配給あり、妻は子供たちへ小包を出すため午前七時前に本局で列を作り、切符を貰ってまた出しに行く、別に配達夫より一枚切符を貰ったので広瀬へ遣《や》り、一緒に行ったが、広瀬の小包は取扱わぬ由で帰る「志賀、和歌山、岐阜は郵送小包停止なり」と、なにゆえなるや不知《しらず》。——すぐ酒をつけさせ、乾海苔と鰊《にしん》煮びたしで二本、快く酔ったので午睡。夕食に起こされてスイトン雑炊三椀、これから仕事にかかる、六時半。

午後八時すぎ軍情報一「警報発令せられざるも南方海上に不明機の近接するあり、灯火管制を厳に注意すべし」という、すぐ黒球をつけて六帖の立机に移り、組内を巡視して続稿。二「敵機は本土に侵入せず、東方海上を北方へ進行中なり」哨戒機しきりに南方へ飛ぶ。三「敵はなお東方海上にて旋回中なり」だいぶ時間が長い、入るとすればもう間もなくであろう、いわゆるクリスマス・プレゼントの日が迫っている、注意を要す。——午後康ベエ、ヨハン、賢太郎に信。

九時頃警報、一「敵一機は関東北方地区に侵入せり、後続機を認めず」という、妻子と広瀬を上へやる。吉村曰「昨日の一機は中山と市川の間に爆弾二発を投弾、若妻と老婆が埋まり後者が死んだ」三浦、永田が珍らしく出ている、二「敵は関東北部より京浜地区に侵入しつつあり」という。間もなく北方中空にてパッと閃光、前夜とおなじ光閃《こうせん》なり。その後なんの事もなし、三「敵は東南海上に退去しつつあり」上の壕へ刀根の巧が迎えにゆく、間もなく解除となる、吉村東京新聞子を招き、玄関の月明りで麦酒一本、二時余話す。今十二時なり、一盞しつつあり。

午前二時すぎ警報、熟睡していたので全く知らず、妻に呼起される、情報一「東南海上より云《ママ》」二「関東北方地区にて旋回中」そういう状態で約一時間、三「若干の焼夷弾を投下しつつ東方に退去したるも、なお東方に近接しつつある一機あり」こんどはひどく冷える、宮野は靴を脱いで足指を揉んでいた。刀根出ず、吉村出ず、「近接してありし機は鹿島灘より本土へ侵入せり」次で四時近く「北方に旋回しつつありし敵機は東南方に進行を開始せり」という、妻と広瀬を上へやる、約三十分「敵は京浜地区に侵入せり警戒を要す」程なく機音が聞え警鐘が鳴る、壕中に待避する、機音いよいよ近づく、「待避待避」と叫ぶ宮野の声、やがて彼も入って来る、西北方にて炸烈音、閃光起る、「今夜は爆弾だな」と宮野、しかし爆弾か高射砲か不明、機音は頭上をやや北に外れつつ東進、旧市内方面に焼夷弾投下の閃光（？）やがて遠く去る「敵は焼夷弾を投下して東方に退去」という、上へ妻子を迎えにゆく。――終って紙を焚き、残り酒を温めて啜り寝る。午前五時すぎ。

十二月二十四日

午后三時「菊屋敷」脱稿九十五枚、――睡眠不足のためか、気持がおちつかず、精神が不安定でやりきれない、クリスマス・プレゼントということが神経に刺さっていたのか、今日がクリスマス・イーブだからか、それもあるだろうし、連夜の敵襲が全くゲリラ的になり、無差別的になったことも原因をなしているだろう、加え天気は崩れだす模様で、おぼろ月が暈《かさ》を冠っている、夜半には雨となるだろう、「妻子が上の壕へ入るのに困る」ということも気になるのだ。――夕刻前「明朗」の中村八重子より来信、一両日うちに一篇書かなければならぬ、「現代小説」は延ばす、「草鞋」を明午后までに、あと三十五枚だ、己の妻子だけを案ずる独善観、「あるであろう――」ことを予想しての煩悩、僅かな睡眠不足で苛立つ神経、みんな本当に戦っていないいためである、もし「戦っていることが事実なら」以上のものは消し飛んでいる筈だ、こういう一時的な神経障害は寧《むし》ろ贅沢《ぜいたく》というべきである、そんなムダなことに頭を労するのは仕事にうちこんでいないからだ、仕事だ仕事だすべてを捐棄《えんき》して仕事をしなければならない、雷は好きなところへ墜ちる、之を防ぐ法はない、しかし仕事は自分がするのである、全力を尽して仕事をするのは今だ、三日や四日不眠不休でも人間は死にはしない、倒れるまでやってみろ。さあ！

もう十時を過ぎたであろうか、推敲二十枚までした。気持はだいぶ鎮まってきたが、まだどこか胸がおちつかない、このところ久しくなかったから、週期的にめぐってくる神経症の類かも知れぬ、こいつを叩き潰さなくてはなるまい、己がこんなことでどうするか、「いつ死んでもよい」と覚悟ができているのに、——省線の音が活き活きと聞えて来る、彼処では戦っているのだ、篠二も危険のまっ唯中で働いているのだ、もう少しがんばれ。

十二時を過ぎた。二十一枚までにて止める、宵のうち妻に小麦粉パンを焼いて貰い、バタと水飴とで喰べた、その残りを片付けて寝る、月おぼろなれども今夜は降らずに済みそうである、熟睡できるように、——このように時々刻々を記すのは、それだけ緊密に生活しているわけである、従来もこうしなければいけなかったのだ、これからはこのテンポを守ろう、人はみなこうしていたのだから、己こそ今はじめて人並になったわけである、勉強だ。

午前二時四十分警報、一「南方より敵少数機近接中」二「敵一機は伊豆半島より本土に侵入せり」という　妻子、広瀬を上へやる、三「南方になお二目標あり」吉村が帰っていて話す、川越で忘年会をやった話、酒一升が一二〇位、魚も肉たくさん、土産まであったと、ミンチボールと麦酒一本を呉れる。四「伊豆半島に侵入せる敵は京浜地区へ侵入せり」というち敵機来る、西北方頭上にて赤い火箭《ひや》が飛ぶ、流星の如し、佐藤一大「敵が誘いの機銃射をやっているのでしょう」と、吉村の隣も壕に入る、爆弾か高射砲か不明の爆音しきり也、そのうち本門寺方面に焼夷弾を投下した、情報「帝都上空に敵二機あり厳戒を要す」彼我不明の機音頭上を去来し、高射砲音しきりに起る、横鎮「敵一機は東京湾に突入せんとす、三浦半島高射砲陣は発砲することあるべし」なにしろ矢継ぎ早で急がしい、情報「敵一機は房総半島より北上中」というとき、上の壕から妻子と広瀬帰る、広瀬が腹痛を起したという、仕方がないので妻子を河原の壕に托す、(此間、昼来の不安感なし)敵はなお伊豆から侵入、いちど静岡から西方へ去り、南信地区を旋回したのち京浜に侵入、頭上を通って房総方面から退去した、午前五時二十分なり。——それから紙を焚いて、吉村からのメンチ・ボールで麦酒と酒一合、酔って熟睡。

十二月二十五日

午后三時起床。午前中婦倶山口来る、知らず、顔を剃っていると日吉早苗が来た、鵠沼《くげぬま》はなんの事もなく泰平らしい、仕事ができず、生活が苦しいそうである、同時に石井来る「フトンはあるから来るように」と云う、高台の家に就て老人が話して呉れたと、すぐ去る、日古も去る、——河原から薯を呉れたので、食べて仕事にかかる、今宵はクリスマス・イーブである、がんばれ。

日吉は苦しい生活をしているようだ、「仕事が下千になった」と云うので「それはいいことだ、上手には成れるが下手にはなれない」という意味のことを話したが、日吉のいう「下手」は仕事がうまくゆかないという積りだったらしい、——こちらは日々生死関頭《かんとう》に在って仕事を強行しているから、そんなのんきな言葉は耳に入らないのである、後で考えて悪かったと思った。

今日は不安感はあまり無い、昨日はやはり週期的神経症だったと思える、「草鞋」を今夜じゅうにあげて、明日は「明朗」と本信の三篇にかからなければならぬ、しっかりやろう。

今だいたい八時頃と思う。がんばれ。

時間はわからない、九時から十時のあいだであろう、「草鞋」の推敲は終った。近隣はすっかり寝たらしく、光も漏れず声もしない、空は曇って、重たく密雲がかぶっている、己は机上に「みづゑ」を弘げ、少し頭を休めようと思う、省線の物音、吹《すい》笛《てき》が近々と聞える、彼方では戦っているのだ、みんな命がけで、「いつ死ぬかも知れぬ」ということと直面して戦っているのだ、怠けてはいけないぞ。——十二時前と思える、一盞しつつ「明朗」の筋を立て、「拙者でござる譚」の書きだしをつけた、夜空はどうやら雨にもならず、断雲の間から月が隠顕している。動物の呻きに似た声が空で聞える、哨戒機であろうか。——寝たいと思うが、また一時頃に起きることを考えると面倒でもある、もう一枚、ともかくも書込んでから寝よう。

十二月二十六日　落日

九時起床、久方ぶりで夜中に起されずに寝た。昨日午前三時の敵は茨木《ママ》へ焼夷弾を投下したと、その弾には「メアリー・クリスマス・トウケウ・プレゼント」と書いてあったそうだ。朝食してすぐ仕事「拙者――」午前十一時「富士」から婦人記者が原稿を取りに来た。本信への「菊屋敷」と共に渡し、茂木への伝言をたのむ。二篇渡したのでホッとする、この原稿を持っているのが気懸りであった。これで爆撃があってもやや安心である、「拙者――」を早くあげたい。

午后三時大本営発表、「二十五日夜、陸海機がサイパンを急襲五ヶ所炎上、二ヶ所に大爆発を起させたと、未帰還二機」こっちからやると必ず返礼に来る、今夜は注意を厳にすべきだ。稲津に電話、午后一時半（明日）品川駅にて会う約束。――夕食までに六枚半、よき調子なり、滑りだしの一盞は実に役立つことを知る。月冴えたり、敵よ来れ。――十一時頃であろうか、十枚まで書いたので筆を措く、一盞して寝よう、待機だ。月佳し。

十二月二十七日　晴

睡眠不足をとり返すのか熟睡して九時半起床、「明朗」へ電話したが不通、すぐ速達を出す、「明午后来い」と。火を入れて仕事「拙者で——」しっかり。——正午警報「敵の数編隊は西南海上より進攻しつつあり」という、いよいよ来たなと思う、組内の事前待避をさせる、「第一編隊は静岡地区より関東地区に侵入」間もなく七機が美しく銀光に輝きつつ北方上空に現われた、高高度とみえる、遅々として動かない、その内西へ向い、友軍機がしきりに挑みかかる、是は西方へ旋回し去り、やがて引返して来て己が北方をやや低く東方に去る、（二機後れたり）第二は西北より北を東へ去る　第三は西北より北へ、北より己が頭上へ来る、壕へ入る、これが去ると第四がまた頭上へ来た　再び入壕、爆弾音、砲音しきり也、頭上に今か今かと投弾を待つ気持だった。第五は北方を通過、このとき敵一機が友軍機の体当りに依って撃墜された、品川やや南方上空にて大きく錐揉《きりも》み状態となる、己はすぐ屋根へ登って見た、敵機はキラリキラリと光りつつゆっくり墜落、人家の蔭に見えなくなり、五秒ほどして（或は十秒）バンと落下音が聞えた。人々みな歓声をあげる、帰りて来る戦闘機に思わず「有難う」と叫ぶ。上の壕へ知らせにゆくと、倉重が「遠いですから情報はこちらで致しましょう」と云って呉れる、時々「茶を呑みに来い」など云いに来るそうで心強いと云う。第六と七とが合して来た、友軍一機が墜落した、残念「落下傘でおりて呉れ」とみなが祈る、しかし是は乗者がやられたとみえ、機は煙も出さず急直下であった。冥福を祈る、――

この出来事で品川駅へはゆけず、茶漬を食べて仕事をひろげたところへ添来る、西村の四十九日という、五、――持ってでかけると、先に西村へ石田敞作が来ていた、香をあげながら話す、石田は友機が四機おちたのを見たと、西村の玉琴は敵二機の墜落を見ている、一は日暮里《にっぽり》から東北方はるかに落ちたそうだ、己の見たのは海上埋立地らしく、洲崎《すざき》のあたりではないかと思う。敵機からも傘で下りたそうだ。――西村から帰り添に寄って麦酒一本、祝杯なり。

己が頭上に敵機撃墜を見る、戦う者の至幸なり、これを見れば爆死するも悔少なし、万歳！　意気昂る。

九時を過ぎたであろう、鮎沢の家で話声がするだけで、あたりはひっそりと寝鎮まった。広瀬では今日高崎へ去り、河原で「広瀬さんがいなくなったのなら、少数機のときはうちの壕へはいんなよ」と云ったそうである。――七時のニュースで「撃墜十四、内不確実五、(つまり確実九機) 撃破二十七」と発表した。来襲機は約五十だという、殆んど八〇%の損害を与えた訳だ、半分でもよい万才である。己は「拙者で――」続稿、今十三枚まで。夕頃出版局の後藤が来たと、留守で会わなかった。第三篇の督促也。――殆どすぐ警報だった。一「敵少数機は東方より侵攻中、なお後続二目標あり」という、妻子を河原の壕へ入れて待機、少しあがっているとみえ、しきりに足を躓《つまず》かせた、ケシカラヌ。――吉村の曰「今日の爆撃は田無から練馬へかけて殆んど無差別に投下した、やられなかったのは旧市内と大森周辺くらいのものだ」刀根の弟少年の挺進している工場は深川に在り、この側へ友機が墜ちたそうである、敵一機は果して洲崎の海中だと。二「敵一機は関東北東地区にて旋回中、後続一機は鹿島灘上空にあり」三「東北方にありし敵は西南進しつつあり」空を見ていると大きな舷《げん》灯《とう》をつけた機がやって来る、彼我不明でかなり緊張した。四「西南進せる敵は京浜地区西北方に向けて進みつつあり」(然しこれは侵入しなかったらしい、探照灯も砲も動かず) 五「敵の第一機は帝都に侵入することなく、東北地区に焼夷弾を投下して東方に退去しつつあり」等々かくて侵入した敵三機は順次に退去した。十時半解除。

今夜は二次三次あるものと思う、続稿をやる。

　現在の心理は安定している、然し昼間敵襲の目標の正しさに倚依《きい》しているとすれば大きな誤りだ、敵弾はいつか必ず頭上に来るだろう、それを忘れてはならぬ、その時にもこの現在の安定せる心理を持ち続けなければならぬ。戒む可《べ》し。

今十二時十分、十五枚半まで来たので一盞している、戦争のさなかで、火鉢を抱いて酒の啜れる仕合せは大きい、感謝すべきである。——午前一時、夜食して寝る、眠れるや否や。遠く汽車の音す、戦っている人々の姿がみえる、卿《きみ》らの上に平安あれ。

十二月二十八日　厳寒　物皆凍る
　午前八時半起床、すぐ仕事、午后八時「拙者——」終る、二十二枚、三十枚以上書かなければ完成した作にはならない、枚数の制限があるので、舌足らずの歇《や》むを得ない、一冊にするとき改稿すること。——三時のニュースで二十六日夜にもサイパン爆撃をやったという。然も二十七日にあれだけ来たことを思うと、大宮島をも使いだしたのではないか、いよいよ警戒の要あり。午后三時半警報一「東南より敵編隊らしきもの北上するを認む」という。組内を事前待避所へやると間もなく空・警報、「敵の一編隊は鹿島灘《かしまなだ》より本土へ侵入せり」空は雲が閉じて西風が強く寒さは酷い、二十九組の蒼白《あおじろ》い痩せた男が、女子医専の生徒に自炊のことを訊いている。飯のこと、煮物の醤油《しょうゆ》のこと、……頭上を友機がしきりに哨飛している、美しい機雲が描かれると、それがぐんぐん東北へ流れる、宮野は「上空は三十米《メートル》くらいの風ですな」など云う。——「関東東北地区に侵入せる敵は三編隊にして目下同地区上空を旋回中」「敵は京浜地区に進行を開始せり」「敵の一編隊は京浜周辺にあり」等々を経て、結局「敵は帝都に侵入することなく、東北地区に焼夷弾を投下して退去したるものの如し、京浜上空に敵機を認めず」とて解除となる。四時半、五時近し。月昇る。

今日午后一時半頃、敵一機が上空を通過し、砲が鳴った、全く警報なしだった。偵察とみたためか、中部より入ったという。

三時の警報のとき子供を背負った婦人に呼止められた「山本さんでしょうか」という、石田の友人の黒田である、十四日に南方から帰って、二十六日に脱腸で小池へ入院していると云う。——解除になってからすぐに見舞った。元気であった。スマトラからの帰還である。
夕食前「良人の笠」の筋立てにかかる、出来かかったので一盞、すらすらと纏《まと》まった、まことに顕著だ、続けてやる。今七時頃也。八時また警報「東南より少数機」妻子河原の壕へ入る、侵入機は三、関東北方地区で旋回、焼夷弾投下、一機は八時半頃に帝都へ侵入、北西上空で探照灯に捕捉されて東進、ぐんぐん快速で航行、砲弾周辺に炸烈、美しい、やや遠く、旧市東端と思える辺りで投弾（大なる閃光）爆・焼・いずれなるや不明。そのまま退去、——もうよかろうと、組員を家に入れると「鹿島灘より一機侵入」という、再び妻子を待避させる、「敵は少数機を以て長時間にわたり神経戦を挑みおれり、防空体勢に注意せよ」この機は十時すぎ帝都の北方に侵入投弾、砲の炸烈は見えたがそのまま退散、十一時すぎ解除となる。月明、炬燵《こたつ》に火を入れて一盞して温まる、寝る。酷寒なり。

十二月二十九日
午前戸越へゆく「小切手」豚と台湾莨《たばこ》三、省児は来月五、七日に渡台すると今度は三ヶ月くらいとのことなり。母妻幼ない子を置て、(平気を装ってはいるが)どんな気持かと同情される。午后石田一郎来る、「天かけりゆく神々」特攻隊を交響詩に描く話。一緒に小池病院へ黒田を見舞う。配給の肉にて夕食四杯、これから「良人の笠」(四枚めより)「明朗」より使、原稿取りに。

八時半頃警報「伊豆半島より少数機北上中」これは関東西部にて旋回し、いちど信越地区へ入り、引返して京浜北西に侵入、更に関東北東地区にて旋回、東方海上へ退去したが引返して房総北部に突入、帝都北方に入って投弾遁走し去った。——尚南方から北上中の一目標があったが、これは本土に入らず返転し去ったようである、十時頃に解除となる。妻子は河原の壕。月冴えたり、寒気ややゆるむ、途中で一度月に暈《かさ》が掛った。これから続稿。

五枚まで書いたので筆を擱く、調子良し、寝る。——省線の音しきりなり、卿らの上に平安あれ。十二時前就床、寝つかれずうとうとしていると警報「一機北上」後続一目標、妻子河原の壕、二時すぎ帝都上空へ侵入、機銃を射って(赤い火線三条)投弾し退去、砲射しきりなり、二時四〇解除、——ひどく冷えるので炬燵を入れて温まり「麦酒を呑もうかよそうか」など考えているとまた警報三時すぎ頃なり、「一機静岡地区に侵入」妻子は河原の壕、佐藤に見張りを頼み、宮野に「関東へ入ったら知らせろ」と云って、仕事部屋で喫煙していると、情報なしで警鐘――「また慌てているな」と思いながら出ると砲射、急いで原稿と鞄《かばん》を壕へ入れ、足袋《たび》をはいてとびだす、東北方にて探照灯が捕捉しきりに砲が炸烈する、敵は雲間を東走しつつ投弾（これは火災を起したそうだが望見し得ず）退去、四時解除となる。――煮物を温めさせて夜食、炬燵で温まりて寝る（不安感なし、熟睡）

十二月三十日　晴、落日

朝日紙に又も「敵の大空襲」論が出ている。そういう状態なのだろうが、紙に載せるなら直接当局に進言すべきであろう、民心を擾《さわ》がすのは意味なし。正午に起きた、添へ牛骨と筋を届けて話す。隣家に桔恪《けつかく》で寝たきりの妻と、三年生の女児と、老母を持った男がいる、防空に不協力で怪《け》しからぬ男だった「広島人だそうだ、いまに殴ってやる」添はそう怒っていたが、昨日妻君に招かれてゆくと「主人は私達がなんと云っても肯《き》きません、防空の事には全く無責任で先夜も空襲警報中に電灯をつけて注意されました、――どうか町会にでも警察にでも云って少しは協力するように叱って頂けないでしょうか」泣きながらそう訴えたそうである、不治の病床にいる者にそんな心配をさせる奴は人非人である、この状態のなかにもそんな奴がいるかと思うとなさけない。――帰ってから仕事、夕方までに八枚やる、夕食はコールド・ポークに鰯干物（自家干し）これからまだ続稿する。

午后から気持がおちつかない、一種の不安感が胸にかたまっている、――V1号式兵器による攻撃が時日の問題であり、彼我いずれが先かと思うのも原因の一だ、ドイツではウラニュームを使いだしたらしく、若《も》し是によってロケット武器が完成したら、攻撃を受けた方は惨澹《さんたん》たる状態と成ろう、しかもそれは意外に早く来るかも知れない。……煩悩するとせざるとに拘《かか》わりなく、この事実は充分に認識しなければならぬと信ずる。そして我方の一日も、否一時も早からんことを切に祈るものだ。――不安感の原因の二は睡眠不足だろうと思う、平生でも眠り足らぬと精神は不安定である、それが主たる原因だと思う。とにかく仕事を進めるより方法はない、いつ新兵器による痛打が来ようと、来るまでは思い惑ってもしようがないから、仕事だ仕事だ。

机の前で膝掛を衣《き》て一時まどろんだ、それだけで気持が軽くなった、僅かな眠りで不安感も消えたことは面白い、人間の心理状態に就て参考となる例だ。原稿は十五枚めまで来ている、夜を徹して脱稿したいと思うが、——今十二時である、二十一枚まで書いた、今日は一日で十六枚進んだわけだ。心は安定している、いまビフテキを注文し、夜食をしようと思う、ひと休み。

遠く省線の音がする、彼処ではまだ人々が緊張した時間を闘っているのだ、寸刻も気をゆるめることの許されない仕事に、身も心もうちこんで闘っているのだ、——ステーキはやめて冷豚で夜食を済ませた、闘っている人たちには申訳ないがともかく横になる、我がはらからに平安あれ。午前一時。月は真昼の如し、ようやく寒気烈なり。

十二月三十一日

九時起床、昨日は敵が来ず、通夜寝たので、幾らか体も楽になった。午前省児来る、七日に渡台、ステーキで昼食を共にする、午后西村来る、ゴボー、人蔘《にんじん》、持参。酒はだめなりと。将棋一、負ける。——これから仕事なり。午后添を叩く、明日戸越へゆく件。帰って夕食までに五枚、夕食のスキ焼の味悪く、少し機嫌を悪くする、気持も少し緩んだ。一日敵が来ないとこれではしようがない。ゼヒとも続稿し終ろう。その後で年越の麦酒をやるとして、——しっかり周五郎。八時頃なり、宮野が来た、妻女が出産日なので正月を兼ねて帰郷するという。よし、あとは引受けた。

九時四十分警報、支度をしているうちに敵機は頭上へ突入、探照光が追いつく間もなく帝都上空にて投弾す、そして東進し去るときはじめて砲声四五あり、全く不意打ちをくったらしい。——伊豆半島からまっすぐ突込んで来たのだ。一部に火災を起したという。不安感なく、闘志を感ずる、これが狎れたのでなくて呉れればよいが。

続稿する。

十二時敵再来、静岡地区より侵入、情報「さきに炎燃《ママ》したる地区を目標として投弾したるものの如し、防空初動態勢を厳にするの要あり」という。こんども情報がおそく、探照灯の射す前に佐藤と己とで敵の機銃射光を発見した、西北上空である、三度四度、「ここだここだ」と云わんばかりである、白光と赤光と両様ありて、赤光はパラパラと火花が散る、ようやく探照灯が捉え、機影がうす白く光ってみえる、おそろしく高い、空には薄雲が這っている、敵はなお機銃を射ちながら東進し、やがて投弾の閃光があがった。高射砲を射つが遥に低く、またおそろしく見当が違う、——まるで翻弄されているようだった。十二時四十分解除となる。煮直したスキ焼で夜食、続稿だ、さあ幾らでも来い、がんばるぞ。

もう二時に近いであろう、遠く汽笛の音がする、敵弾の落下を覚悟しながら、ひたむきに闘っている人々だ、篌二もそのなかにいるのだ、火鉢を抱え膝掛をし、莨を喫しながら仕事のできることを感謝しよう。もうあと僅かで終る、焦らずにゆっくりやれ。しっかりと。——「良人の笠」三十六枚脱稿す。

十九年を送るに当って今更の感想はない、「厄年」という寧ろ「大厄」とも云うべき数々の出来事に就ては回想する必要もないほど、その時々の印象が鮮かである、——自分の仕事がやや正しく世に認められだしたこと、比較的よく仕事をしたこと、篌二のこと、二女の疎開、添田に直言されたこと、田舎を訪ねたこと、そして初めて頭上に敵機を見、爆弾落下を経験したこと、まことに多事である。その一つ一つが重大であった。今はそれを回顧し内省するよりも、来るべき年これらのものをいかに生かし得るかを考えるときだ。神意われに倖《さいわ》いして命があるなら、仕事を以てこれに応えよう、十九年よご苦労だった。

昭和二十年

1945

【主な出来事】

二月　米軍、硫黄島に上陸
三月　東京大空襲（二十三万戸焼失、死傷者十二万人）
四月　米軍、沖縄本土に上陸
　　　戦艦「大和」沈没
五月　ドイツ、連合国に無条件降伏
　　　横浜大空襲（市街地の約半分が消失）
八月　広島・長崎に原子爆弾
　　　ソ連対日宣戦布告
　　　ポツダム宣言受諾し、日本無条件降伏
九月　放送電波管制解除、劇場など再開

【山本周五郎の周辺】

二月　『講談雑誌』に「ゆだん大敵」、『婦人倶楽部』に「二粒の飴」発表
　　　日記帖終わる（昭和二十七年から再開）
三月　『婦人倶楽部』に「花の位置」発表
五月　妻・きよえ、膵臓癌で死去（三十八歳）
九月　『婦人倶楽部』に「文鎮」（のち、「墨丸」と改題）発表
十月　『菊屋敷』（書き下ろし）刊行、『婦人倶楽部』に「二十三年」発表
十二月　『講談倶楽部』に「晩秋」、『婦人倶楽部』に「生き甲斐」（のち「風鈴」と改題、「日本婦道記」連載終了）発表

一月一日

敵の空襲下にちょうど越年した、二度めに外へ出たとき、佐藤一人が笑いながら「明けましておめでとう」と云った。初めての年賀である、それから十分と経たぬうちに敵機の機銃光を見たわけだ。つまり敵の機銃を爆竹（関西なら）の代用にして年を迎えたことになる、――戦う年だという感が深い。今日は添と戸越へゆく約束があるが、これから寝て眠れるかどうか、今はたぶん四時近いことだろう、――周五郎より新年おめでとう、今年こそがんばろうぞ。

午前四時、八幡神社に参拝。御手洗《みたらし》にて口嗽《すす》ぎ手を浄《きよ》め、拝殿の前に跪《ひざま》ずいた。祈ることはなにもない、唯《ただ》頭を下げ無念無想のうちに拝礼するだけだった。日本の神の純粋さを今更ふかく感ずる。――帰って来て床へ入ると間もなく警報、妻子は三度河原の壕へ。敵は二機で矢張り前ノ所あたりへ投弾し去った。一機は吾が頭上を通過し己は二度待避した。――それから寝て午前九時半、妻に起される。眼がさめないので枕元へ茶を運んで貰い、一服して起床、初めて屠蘇《とそ》なしの雑煮を祝い髭を剃る、添を戸越へ誘おうとしていると、石田一郎来る、モーニングにゲートルを巻いて戦帽という出立《いでたち》なり、「今朝の火災は神田末広町なり、敵は上野駅を覘《ねら》うものの如し」と、十一時に及んで添来る、それより共に歩いて戸越へゆく。荏原の八幡にて「縁起飾り」を買おうとしたら八九十銭の品が九円五十銭という、添やめて苦笑「しかし店を出しているのは正月らしくてよろし」など笑う。――戸越ではチカの頭付《かしらつき》が出た、焼酎二盞、餡を土産に帰る。帰って麦酒、夕食してラジオの「勧進帳」を聴く。幸四郎、羽左、唄は六左衛門、すべて佳し。夜に入って風強くなる。月も星も冴えたり、風の強いのが気になる、今十一時すぎ也。

戸越で喰べたチカに子が入っていた、添が「これを食べてもいいかしら」などと云った。チカ子の洒落である、これぞ正月らしかった。

一月二日

八時半起、雑煮。昨夜はなかなか寝つかれず、今朝は眠い、敵が来ないと、来るまでおちつかない妙な感じだ。夜からの風が吹き続いて、晴天だが寒気は烈だ。二女児

に新年の辞を書き、投函のついでに北園を訪《おとな》う、子供の冬休みで妻君と三人帰ってい
た、二十七日の敵を見物して感冒にかかったそうで寝ていた。
　午すぎ徳松来る、話していると添が三悳を伴って来た、三児をつれて万福寺へ墓掃
除に来たという、「徳川一門」と称せる一軸を置いてすぐ去った。徳松と昼食して別
れる。これから仕事はじめである。――北園が寝、添の妻女が寝ている、「風邪でく
い止めたい」と云っているが、この状態の下ではさぞ気の揉めることであろう、待避
の時などはやりきれまい、両者とも早く起きられるように祈る。題を書いただけで仕
事にはかかれなかった。仕事をしていないと気の張がなくて詰らない、感想もない、
やはり戦いは仕事である、仕事をしていて始めて充実した戦いができる。

一月三日

　昨夜も熟睡できた、そのため却《かえ》って寝過し九時起床、省児が来たのと同時である、
「百円貸して下さい、百円百円」と云う、なにか担いでいると思ったら美《び》禄《ろく》一斛《こく》であ
った。裏家の二階で雑煮を共にする、古本屋へと云ったが、やめて帰る。午すぎ小林

の三郎が来る、工場の幹部が成っておらぬので激憤していた、「やめてしまおうかと思う」と云うから「それは頑張らなくてはならない、建物には幾十本かの釘《くぎ》が必要だ、釘は人にも見えず褒められもしなが《ママ》、釘を抜いて了《しま》えば建物はバラバラになる、自ら釘になれる人間は釘として其《その》持場を死守すべきだ」と云う。煙草一箱置いて去る。

――その後で添を叩く、妻女は七度左右の熱にて好調の由、安堵《あんど》する。夕食は本モノのカレーライスなり。石井清一郎、ヨハン、正富に信を書く、これから「油断大敵」にかかる、八時すぎなり。

月のぼらず、星佳し。寒気きびし。

今ラジオで子供が「冬景色」を歌っている、「烏《からす》鳴きて木に高く……」というあれである。己の好きな歌の一つだ、胸いっぱいに切なく回顧の想が溢れて来る。あの歌を学校でならい覚えた頃から、なんと遥かに遠く生きて来たことだろう、遥かなる想いである、あの頃へ還りたいとは考えないが、再びかえらぬ時間を想うと胸が熱くなる、少年の日よ、少年の日よ、――

続稿している、火鉢でたぎっている湯の音のほか、あたりにはなにも聞えない、みんな明朝が早いのだ、どうか熟睡のできるように、己が夜番の役をつとめる、ゆっくりと眠って呉れ。──十時前ころであろうか、そろそろ敵の来る時間である、報導に依ると昨早暁サイパンを叩いたそうだから、例の如くお返しにやって来るに違いない。然《しか》し仕事をしているためか、今夜はおちついている、どうかして第一章だけでも書上げたいものだ、しっかり。——十時をかなり過ぎたようだ、空はすっかり曇って星も見えない、月も出る頃なのだが闇である、久し振りに暗黒の下で敵を迎える、注意を要す。原稿半四枚め。

現在東京にいる者で「自分の上には絶対に投弾されない」と盲信する人間と「こんどは自分の上に落ちる」と考える者とが半々である、前者は少数機の時には寝ているし、後者は逃げだして了う。誰しも両方を少しずつ持っているだろうが、どっちに偏しても正中とは云えないだろう、「いつ落ちてもよい」という覚悟を実際に活かしてゆくのが本当ではあろうが、しかし、ともすれば両者の内のどちらかに傾き易い、煩悩とはこれを指すのである、煩悩すべからずである。

午前一時頃ならん、半八枚めまで来たので筆を措く、今日午后敵は九十機で中部へ来たという、盲爆だそうで今後を戒めよとある。よろしい、来い。

一月四日

午前九時起床、妻子は磯子へ。己は一盞して朝食、出版会より「日本婦道記」が時局下選定図書に決定と通知あり。——今日も曇天、しきりに哨戒機飛ぶ。名古屋へ来たヤツは四十二機撃墜という、やはり無差別爆撃のようだ、しかしこれなら夜間空襲で東京もしばしばくらっている。——従来は焼・爆弾とも中、小型なので、大型を使われたらどうなるかが分らない。この点に留意すべきである。——午后八時前警報、妻子河原の壕へ、情報一「静岡地区へ侵入したる敵一機は東進しつつあり」二「敵は若干の焼夷弾を投下し、南方に退去しつつあり」どこへ投弾したのかわからない、三四十分で解除。

正月五日

午前五時警報一「駿河《するが》地区より侵入したる敵は東進中なり」妻子は河原の壕へ、二

「敵一機は関東西南部にて旋回中」という、残月明かである、吉村では妹さんが子供をつれて来ていた。二「西南部にて旋回中なりし敵は信越南部へ進みつつあり」という、「こいつが終りに突込んで来るんだ」などと話合っていると、これは更に西南進し、「中部軍管区に侵入」したという、そして三四十分で解除。寝る。十時半頃起床、部屋の掃除をしていると北園が来た、戦相がまだ敵の主動に囚《とら》われている点を語る、「レイテが終ったらというが、敵はいつ他の手を打って来るかも知れぬ、現にそれは目睫《もくしょう》に迫っていると思う、ここはレイテと同時に一策戦あるべき時だ、敵が次の手を打つ前に、敵の側面へ一手打つべきだ、それが急々の策戦である」等。机の位置を変えてみたり戻してみたりして日を昏《く》らす。春枝から三合、林から二合、酒が贈られたので、林の分と戸越を一盞した。夜食はカレーの残りとスチュー。火をよくして仕事をひろげたり、横になったりしているうち、九時少しまわったと思う頃軍情報が聞えた「不明の少数機本土に近接中」という、林の電灯を注意し、組内を一巡して門前まで戻ると警報「敵少数機は鹿島灘より侵入西進しつつあり」妻子を河原の壕へ入れる、雲低く爪尖《つまさき》も見えぬ闇なり、敵は北より都内へ侵入し投弾、閃光しきりに飛ぶ、投弾投弾、投弾、数機にて連続爆撃である、砲射の音と相和して凄《すさま》じい、己は壕へ待避する、なお投弾につぐ投弾、宮野も壕へ入って来た。敵機音がはっきり迫って来る、又投弾、ずんと地ひびき、機音は頭上へ、――今夜こそくらうか、と拳を握る、心音高くなる、機音は頭上で旋回、やや北より南へ変るらしい、間もなく南方へ去る。己ら壕を出る。

投弾されたケ所が漸次明るくなる、かなり広い地域がやられたらしい「敵は焼夷弾を投下しつつ南方へ退去せるも、なお海上に不明目標あり警戒中」という。その前後に空からパラパラと霙《みぞれ》ようのものが降りはじめた。ところどころに星は見えるが降ることは避けられそうもない。吉村の姉が「婦道記」の話をしかける、仕事のことに及ぶ、折々壕へ報告にゆき、玄関で待機すること三十分余、「不明目標は友軍機なり」という情報があり、十時二十一分解除となる。――湯を沸し、机を六帖に移して仕事をひろげた、十二時らしい、少し腹へ入れてみて、坐るか寝るかきめよう。――いま出てみたら月が昇っている、薄雲はあるが降らずには済みそうだ。これで気持が楽である。

一月六日

午前十一時半起床、やや熟睡した。寝床へ新聞を貰って読んでいると東宝が来た。原作料八〇〇受取り。朝食の后仕事を広ろげていると石田僘作、高橋を伴れて来る、酒三盞を出し談二時、石井来る、麦酒二本持参、一本あけて妻子を湯にやり、残って途中まで送る、石田僘作「光」五持参、タスカル。もう一箱しかないところであった。――明午后中島将介壮興の宴に招かれたが、ゆけるかどうか。午后すぎ出版局稲津来る、「良人の笠」を渡す、これで手許に原稿なし、ホッとする。夕食に酒、早く寝ようとしていると九時頃警報妻子待避、然しこれは京浜地区に侵入せず。そのまま寝る（十二時すぎに）。

一月七日

午前五時すぎ警報、「伊豆半島上空を北進中」という、妻子は河原の壕へ、残月冴え空澄みあがりて美しい。「関東西南に侵入旋回」「信越南部に侵入」「中部軍管区に侵入」六時すぎ解除。

妻子を迎えにゆくと妻が出て来て「あら、もう明けたのね」という、すると徹が「アケチャッタヨ、明けチャッタヨ」と叫ぶ。紙を焚いて酒二盞、妻子は本郷へ己は炬燵を入れて温まる、と突然左の臼歯が痛みだしたので、オーラムキンを塗って寝た。――午后一時起きて餅を焼いて食う、歯痛止まらず。宮野来り、米を贈られる。夕景より渋谷にて敞作、高橋と会い、弦巻《つるまき》に中島将介を訪う、酔って些さか狼藉《ろうぜき》をやった。帰りは双子玉川《ふたこたまがわ》から大井線*で帰った。――こんなに酔っていて警報になったら迷惑するが、そう思っていたら幸い起されずに朝まで熟睡した。

*現在の大井町線二子玉川駅。

一月八日

宿酔《ふつかよい》なり、裏の二階で酒一盞、麦酒一本、午近い朝食をして横になっていると黒田が来る、今日退院なりと、脱腸手術の患部は癒《いえ》たが、看護婦の不注意で、湯タンポで腿《もも》に火傷《やけど》を作り、そが痛む由。——三時に新橋の稲津を訪う、不会、空腹にて帰り一盞、夕食して机に向ったが気持が居《す》わらず、半二枚のみ、現代婦道記なり、明日よりかかる。今宵も晴れて星空なり。

一月九日

婦倶山口に起こされる、九時。部屋を片付け、火を入れ、茶を淹れて三月号「花の位置」を話す、送りだして朝食、少し横になっていると広瀬妻女が高崎から戻る、彼女が帰って出たところで警報、一「敵編隊北上中」という、組内を事前待避所へやる、二「敵の第一編隊は静岡地区へ侵入」三「同編隊は北進しつつあり」四「同隊は関東西南部より東進」それ来るぞと待機中、北西方に一機白煙を曳《ひ》きつつ東南進するを発見、砲弾はなかなか目標に合わない、続いて三機、一機はかなり後れつつ南南方へ高度を高めつつ遁走、南方にて友軍一機、白い機雲を曳きつつのしかかった。しかしこれは敵の上を飛越えて終る。第三編隊は八機で北西方より侵入北北上空にて友軍一機が敵の先頭へのしかかり、三番機へ体当りしたが、自らも爆破、白煙一塊の火となりて散華（ああ痛憤）敵も煙を曳き高度を低めつつよろめき東進、友軍機はこの編隊へしきりに襲いかかる、二番機また損害あるものの如く、煙を吐き編隊に後れつつ東進し去る。第四は二機、これまた高高度にて南東から南南へ去る。情報「京浜地区に侵入せる敵は四ヶ編隊にして他に一、二機を以て爆弾を投下しつつあり」という、北東方面にチョコレート色の煙あがる、爆発煙と思う。――この間に上の壕を見舞った宮野が戻り、「壕の戸四枚、中にあった毛布が盗まれている」と報告。正に犬畜生にも劣りたる人非人なり。情報「南方に去りし二目標は中部へ侵入せり」「中部に侵入したる敵は少数にして、関東上空に敵機を認めず」かくて空襲警報解除となる、警報解除は三時半なり。添来り、茶を淹れて半時話す。妻君の微恙《びよう》治らず、気懸りなり。――机に向い「花の位置」にかかる、夕食には鰯（一人一尾、つまり三尾）の筒切に葱、大根、豆腐（広瀬の土産）白菜（本郷より）などにてチリ鍋にする、酢がしみて左の臼歯が激痛し始め、顔を右へ傾《かし》げて食う、徹が面白そうに真似をしては笑うので弱った。食後も続稿十時までに六枚。あたりは森と寝しずまって、遠く省線の音だけが聞える、「ご苦労さま」と頭の下る気持だ、――今日の敵は関東、中部、近畿と分散して約七十機が来襲したらしい。台湾へは機動部隊で四百五十機、九州東側にマリアナから偵察、比島には続々船団が来攻するという、まさしく文字通りの総日攻である。事態重大という言葉が今日ほど切実なことはない、我々は軍を信頼していてよいかどうか。飛機飛機と眼を奪われて、果して策戦の根本はみのがされていないかどうか。――考えることはやめよう。己は仕事をするほかにない、生き《ママ》ある間は、よき仕事を一枚でも多く書き遺さなくてはならぬ、仕事だ。――十二時過ぎ警報、「伊豆半島上空より侵入東進」という、妻子は壕へ、吉村が出て来たので昼間の爆撃を訊く、田無、大泉、そして石川島とのこと、被害は軽かったらしい「敵は焼夷弾を投下して海上に退去しつつあり」間もなく解除となる。暗がりで夜食して寝る。一時半頃。

一月十日

午前五時警報、支度をして表へ出ると空の周辺へ照空灯が林立している、例の二万燭光というのが三本、頭上を探っているし、北方には三目標、南方に二目標、白く見える、「敵機は頭上らしいぞ」と叫ぶ、続いて砲射音、「敵機来襲」と叫ぶ、妻は急いで壕へ、振返ると己家の東方上空に光射が集って敵を捕捉している、――この頃ようやく情報「敵は関東地区へ侵入せり」そのとき既に都に焼夷弾を投下する閃光が見えた。組員が出揃ったときは既に東方へ去っていた。二「敵の一は東南方へ退去しつつあるも、なお他の一機は京浜上空にあり」という、次《つい》で「相前後して侵入せる他の一も、わが征空陣の活躍に依り退去したるものの如し」「目下まったく……」以下不明、情報全く要を得ず、間もなく解除。――それから寝て、十時起床、湯漬飯で朝を済ませたところへ黒田来る、湯タンポの火傷よくない由、一時話して去る。午后二時近し、これから仕事。

敵のルソン島に対する上陸が開始された、今その報導があった、戦争を決定的なものに導く一エポックは眼前に来た。ここ数日の彼我の動きは重大である、二十年一月十日午后五時、己は「花の位置」第七枚めを書いている。八百万《やおよろず》の神々よ、神国のあかしをこそ。続稿遅々たり。午后八時すぎ、ラジオの落語を聞いているところへ警報、妻を起こすと「やれやれ」と云う、いかにもやりきれないという感じである、一「敵らしき一機伊豆半島へ近接」支度をして出る、時間が早いので寒さはそれ程でもない。吉村と話す、「機も艦もなしでは策戦はできないでしょう」と云う。本当に比島を天目山とみているらしい、真実とすれば――否そんなことはあるまい、聯合艦隊は恐らく神妙の機を覘《ねら》っていると思う。二「伊豆半島より侵入したる敵一機は北進しつつあり」三「敵は関東西部より東進中」四「敵は帝都に向いつつあり」今夜は情報が精《くわ》しく矢継ぎ早である。——どこかでゴムの焼ける匂がするので、漏電しているのではないかと捜したが分らなかった。そのうちに照空灯が北西空に集る、模索しつつ北東へ移る、「見えなくしちゃったな」と宮野が叫ぶうち、捕捉北北西、砲射しきりに起り至近弾が多く、一度は機影がパッと光った、「やった」という声が隣り町内のあたりまで潮騒のように起る、——しかし敵は悠々北東進、いつもの上空で投弾した、火屑が赤くばらばら落下するのがみえた。「敵は京浜上空にあり」という情報が入る、「はいよくわかりました」と吉村、かくて九時すぎ解除となる。昼間西井が来た。原稿督促。そのときの話で陸海両省とも疎開したという、「帝都がよほどひどくやられるのを覚悟したらしい」と、西井の見解か、それとも実情か、いずれにしても考えさせられるものが多い。とにかく仕事をしよう、そのほかに何もない、万一のときは……午后十二時すぎ警報。今度は早い、出てみると間もなく西方に照空灯が集り敵を捕捉する、妻子を壕へ、己は吉村の壕に入って観る、射撃は正確だが当らない、帝都上空、前回よりやや北にて投弾、火屑は見えるが火災炎が上らない、よく消止めたのか、それとも遠距離か（其後の情報で火災になったらしいから、距離が遠いのだと思う）四十分で解除となる。すぐ寝たがなかなか眠れず、ようやくうとうとしはじめた時警報、今度はなぜかドキッとする、外へ出ると佐藤は早くも待避、妻子をやると間もなく西北方で光芒が敵を捕捉、これは頭上に近く進行して来る、「敵機来襲、待避」を叫ぶ、吉村が外套なしで出て来る、己は壕へ半身入って観る、射撃は当らず、海岸方面ではロケット砲と思える音がする。前々回のケ所へ投弾、火屑は近く見える、――このときオリオン星座はぐっと傾いていた。四五十分で解除となる。午前三時すぎなり。

一月十一日　曇天

午前十一時起きる、少し寝過した。朝食してすぐ机に向う。――比島はいよいよ重大になりつつある、神よ。――午后添来る、篌二来る、明るく元気である、連結手をやっていると、走っているのへ飛乗るそうで、練習させられてのことだと、食事も睡眠も充分だと云うが、安心させるためだろう、然し頬などまるく肥えてきた。どうか健康に育って呉れるよう祈る。昏れかかってから忠地来る、その前後から霙《みぞれ》になった、工場の話を聞くがよき話はない、平時にはどうやらまじくなっているものが、この時期に当面してみんなボロを出して来たという感じである。添のところへも森田草平氏*の苦しい事情が手紙で来たそうだ、「……これからが我々の戦いだよ」添は云う、正にそのとおりであるが、――、忠地と夕食、帰って貰う、篠二は霙の中を「行ってまいります」と元気よく出ていった。これから己も仕事にかかる、霙まじりの雨はどうやら本降りらしい、今夜の空襲は久し振りでスリリングだろう。がんばるぞ！　ひどく冷える、もう十一時頃だろうか。七枚めから十五枚めまで書き続けてきた。雨は微かになったが、空は密雲が閉じている、今夜来れば「雲上より無差別爆撃」ということになる、時間もそろそろ定刻に近くなった。少しなにか腹に入れて仕事を続けよう。――鮎沢の家では妻女の咳《せ》く声がしきりにする、分娩が一両日うちに控えて、さぞ気持はおちつくまい、庇《かば》ってやらなければならぬ。午后に訪ねたらお産は自家でするという、それで産褥の支度を注意し（防弾設備）物置にあった門扉の一枚を貸与えた。こういうときには何でもない心遣いが力になるものだ、もっと気をつけてやるべきだと考える。――十一時頃だろうと思ったのが十時だった、警報一「伊豆半島より」外は暗黒である、道は軽くぬかっている程度だし、雨は止んで助かる。妻子を待避させて、吉村、佐藤、横井、林らと話す、電車のスパークに似てそれより広範囲な、強い電光がしきりに空をうつ、稲妻にしては閃発の光源が地上すぎる、なにか新しい兵器でもあろうか、——二「敵は静岡地区より北進」三「敵は東方に侵攻」四「反転して西北上、信越南部警戒を要す」五「敵は関東西北に向いつつあり」六「敵は西北より京浜地区に侵入するものの如し」七「京浜地区に侵入せず、関東北方を東北進せり」八「関東北方にて旋回中」九「敵は東方海上に退去しつつあり」やがて解除となる、十一時十分なり。——今宵はなして分ったが吉村は中外商業社員だった。——夜食してこれから仕事、朝までにあと十枚なり、がんばれ。十二時すぎ警報、帝都へ侵入せず。三時すぎ警報、西方より西北方、東方へと頭上を通過する機音を聞いた、どこかへ投弾して退去、四時解除。

＊作家。一九〇八年、平塚らいてうと心中未遂を起こす。一九二〇年法政大学教授となるが、三四年の学内紛争により、辞職。

一月十二日

八時に起こすように頼んだのに、十一時起床で少しムクれた。朝食してすぐ仕事、幸い客もなく、山口も来ず、夕食までに二十四枚終ってから結びの一枚を書いて脱稿。久方ぶりの現代小説でかなり力を要を《ママ》した。功果は見当がつかない。――本信から来信「良人の笠」を激賞している、「菊屋敷」のときは「伊豆の梅」よりよいと云ったが、受取るたびにそれがよく思えるのだろう。笑止である。今日はよく晴れたが風が強い、こんなとき焼夷弾をくうとやりきれないと思う。此頃《このごろ》己らも農夫のように天候を気にする、かなり皮肉なことである。――ひと休みして「油断――」にかかろう、この力をゆるめるな、がんばれ。

一月十三日

午前八時半、起床。久し振りに掃除をして坐る。午すぎ婦倶の山口来る、「花の位置」を読んで渡す。「千一夜」など散読しながら少しずつ稿を続ける、三時頃添来る、いっしょに歩いて内野へ、そして戸越に寄る、省児の渡台は戦相の緊迫で延期とのこと、今日は甲州へいったそうである、小切手を予《あず》けて辞去。――夕食後続稿、四枚めまで今十一時なり。さっきまでの星空が重たく曇ってしまった、少し寒気がゆるんでいるようでもあり、降るかも知れない、注意を要する。(十四日午前一時から三回警報と敵機)

一月十六日

鴨が当来したので喰べた。鴨の美味さというものをしみじみと味わった。仕事は量《はか》どらない。敵が来ないと緊張が緩むこと慥《たしか》だ。寧《むし》ろこのほうを警戒しなくてはなるまい。朝のうち妻子は石井へ、黒田が先日の煙草二本を返しに来て例の兄話でくさらせる。こいつ勘が鈍いので帰るべき機を知らず時間つぶしでかなわない、午前十一時頃かに警報、支度をして出ると北方で対空射が起った。「敵機が来たらしっかり待避」と叫び、河原と佐藤を壕へ入れてやる。北西から北東へと対空射煙が移ってゆく、機は見えない、きよえはおそらく途中で警報に遭ったであろう、無事あれかしと祈る。添来る、妻君のようす思わしくなく、そろそろ音をあげ始めた、「諏訪へやって家を解体しようか」などと云っていた、この態度のなかで仕事をするには病妻を抱えては無理である、できるならそうするがよいと思う。己等には仕事が初めであり終りだ、仕事ができるなら犠牲を払ってもよいがどんなに美しい行為をなしても仕事ができなくては無意味である、己等が仕事に対して求めるものは最低の条件なのだから。その「最低の条件」は確保しなくてはなるまい。――これから添とケイキをつけに国民酒場というのへ並びにゆく、風が出て来て冷える。添を誘いに行ったら三悳が往疹《ママ》に来ていてケイキをつけには出られなくなった。妻女は肺門淋巴腺《リンパせん》の腫れだという、「諏訪などは行かんほうがよいでしょう」と云って去る。――帰っておとし焼で夕食、仕事をひろげたが気持が集注しない、美術雑誌などめくって時間を消している、左の臼歯がしきりに痛みだした、ヒロポンの複《ママ》作用かと思う。きよえは川崎で警報に遭ったそうだ、なんのこともなくてよかったと思う。

一月十七日

午前四時半ごろ警報、一「敵一機、西方より関東西南部に侵入」妻子は壕へ入ったがそのままなんの事もなく、三十分ほどして二「敵は京浜地区に侵入することなく伊豆方面に退去中なり」といい間もなく解除。それより火をおこして机に向う、さあ又これからみっしりやるぞ。――ひどく冷える、終日かかって一枚半、ひとつここらからピッチをあげる。がんばれ。

九時過ぎ警報、伊豆より侵入、己が頭上をまっすぐ房総方面へ通過した。投弾はなかったようである、吉村の話に依ると近頃は爆弾を主として投じるらしい、京阪は多くそれだったという。十時すぎ解除となってから、吉村が隣組の不協力に就て語る、やっぱり自分の身の安全を主とする人間が多いらしい、しかし是《これ》は仕方のない事だろう。各人それぞれ事情があるし、命が惜しいという点は同様なのだから、寧ろそうやって逃げることを考えるほうが危険だということを知らないのが気毒だと思う、「戦う」という気持が却って心を安定させ危険を防ぐことになるのだが、――どっちにしても余りうるさく云っても仕方がない。逃げる者は逃げるがよい、守る者だけで守りぬくべきだ。――降りそうだった空がすっかり晴れている、佐藤一大はテーべらしい*、注意してやることを忘れぬようにしよう。午后十一時前、もう少し書く。

　疎開せし家の壕なり霜柱
　寒に入る壕の中なり子の笑
　敵機去る方より明けぬ寒の空
　寒に入る夜の壕なり子の笑う

*ドイツ語で結核（Tuberkulose）のこと。TB《テーベー》と略される。

一月十八日

今日は宮野から酎が入る筈なり、これが越中褌《えっちゅうふんどし》になるようなら、もうバッカスとは縁を切る、肉が来て酎があるとすると正月であるが、――稲津、西谷から返事で、やや気持が軽くなった。

徹が呼ぶ「ヨーコチャン」そして「カボコチャン」これはかも子の訛《なま》りである。午后省児来る、小切手の金持参、肉を遣《や》る、渡台は当分見合せのようすなり、妻子は風呂へ、終日冷える、流しの氷が一日じゅう溶けなかった。——酎まさに当来、万才也。

原稿にかかる前の思考が足らない。作中人物を全部生かすか、主要人物だけ活かして副人物は省筆するか、これはなかなかむつかしい事だ。

一月十九日

午前石田敞作来る、中島宅へ忘れたる羽織を持参、酎一盞、棋二番、軍人たちの悲観論が旺《さか》んらしい「もう出版どころじゃなさそうですよ」と云う、ばかを云うなたとえ戦に負けたって次代の日本人のためにこれから我々の本当の仕事が始まるんだ、そう云ったが、全くそれどころではないという気持らしい。真相は知らぬが、国民の気持をかくまで敗戦に傾けた責任はどこにあるか、当路者の行《ママ》あたりばったり、無策無能ここに至って極まると云うべし。——日本が実力をあらわすのはこれからだ、今こそ全国民が必勝の決意をかためるときである、この一点へ全力を注集する人物が出ないといけない、さもないと本当に負けてしまうぞ。

午后二時頃警報一「敵数編隊は中部へ侵入し、内少数機は関東西南部へ進航中」組員を横穴へやる「関東西南部の敵二機は相模湾上空を旋回中」三「同二機は海上を東進、房総半島に向いつつあり」四「同二機は南方に退去しつつあり、尚《なお》静岡地区より二機東進しつつあり」宮野、佐藤と哨戒中、西北上空に機煙を曳きつつ哨空する機あり、彼我不明にてちょっと緊張　五「関東西部にて旋回中」これが三十分ほど続いて「京浜地区に侵入さることなく退去」そして解除となった。約一時間。添へ牛骨と筋を届ける。添は鷲ノ宮へ行ったと。――夕七時から久方で「常会」を催した　安野の「八日間初動訓練」の話のあとで「必勝の明朗心」を注射した。終って安野と酎一盞、会の途中しきりに降ったのが、終ると晴れて佳い月となった。仕事はなかなかはかどらない。

一月二十日

午前中風間真一来る、二月号の話、酎を一杯呈す、二十四日までと約束。昨日の空襲は阪神地区で被害があったようだ。静岡でも少し投弾とのこと、きよはしばしば投弾下にさらされる。——仕事の興が乗らない、どうにかはずみをつけなくてはならぬ。ウンと呑んでみるか、——然し無くなるとあとが辛いからナ、少しずつでも書き進めるとしよう。少し風はあるが寒気はゆるんだ、晴れて西に浮く月が佳い、久しく夜間に敵が来ないけれど、月夜になったからそろそろ始まるのではないか。

一月二十二日
仕事せず。午后稲津を訪ね「士道記」十三冊と五〇〇受取る。夜八時近く警報、これは一機で、静岡地区から西南部へ入り不明の地へ投弾して退去した。これではハズミにならない。月佳く、気温ややゆるむ。午后十二時半警報敵一機伊豆西方より侵入、駿河湾上空を旋回、静岡地区を西進し、后南方へ退去す。約一時間。月佳く寒気ゆるし。

一月二十三日
午前十時すぎ起。

一月二十四日

仕事をしない日が続く。午后省児が来て古本を見に出る、東湖堂で暫《しばら》く話す。ひどく冷えてきて、帰りにはチラチラ風花《かざはな》さえ舞いだした。博文館から女史が原稿を取りに来た。十八枚分読んで二十七日を約す。月明で明るい道を帰ってゆく。夕食には久しぶりで鰯一尾、ひじょうに旨かった、箸の尖《さき》で突つきながら味わうのだから、余すところなく探味するわけだ。七時半から八日間訓練の第一日をやった、すばらしい月である。

万太郎のとりすましたる中にもがく相も芸なり。

善蔵のもがける中にとりすましたるも芸なり。

「もがく」と「とりすましたる」といずれが后先《あとさき》にもせよ必ず芸には付くものなり。

己が現在書きつつある作のなかに「真実」を、ぬきさしならぬ「真実」を、そして美しさを、つき止めなければならぬ。仕事を分けてはいけない、時代小説のなかに芸術をあらしめること「我が作品あり」と云わしめなければならぬ。「書くこと」の苦しみを、もっと苦しみを――。遊び事ではないのだ、この道のためには幾人もの先人が「死」んでいるのだ、もっと深く苦しんで、真実と美と力とを書き活かさなければ――。

一月二十五日

八時起床。午前中に机に向う、誰も来ず。「士道記」四十部到着。刀根少年、森谷、林に進呈。夕食后訓練第二日。佐藤の脇と、鮎沢の前で行った。原稿二十一枚まで。――少し自然に心掛けるとテンポが延びる、完稿を得るためには何としても時間が必要だ、しかし今はそれが許されない、これが難である。

徹は母の背中にいて、母がなにか落すと「モッタイナイナー」と云う。自分の意志が通らないとすぐ「マタシッコー」と云う。

葛西が酒に淫した態度を軽くみてはならない、大抵の酒徒は酔うことに倒れるか、一歩手前で踏止まる、善蔵は踏止まらなかった酔の中に入って、神経を殺して、その中から純粋なものだけを己のものにした。

一月二十七日

朝きよえは本郷へゆく。昨日令子が弘子と一緒に「白瓲」を持って来て呉れた返礼なり。十時頃博文館から女史が督促に来る、これを相手に酒、十二時すぎ寝て、宮野に起こされる、B29数編隊で侵入すと、ひどく頭痛がする、敵は一次から五次まで約七十機、——市内方向に爆煙あがる。午食をせずに帰る約束のきよえが帰らぬので案ずる、解除となってまた寝る、六時起床ひどく頭痛。訓練第四日なれど、「休もう」と安野に話す。訓練警報を叫んで佐藤が出て来る。——初めて聞く市内情況、敵は有楽町、銀座裏から京橋を越して八重洲《やえす》方面まで投弾、なお本郷にも浅草にも、大川端にも投弾という、省線は上野—鶯谷《うぐいすだに》、神田新橋間不通とのこと、帰らぬきよえのことが不安になる。刀根を訪ねると、ちょうど帰ったところで、投弾の話を多く聞く、新富座前には大きな穴があいていたと。——諸情報を考えるのに、本郷でやられたか、帰途電車中でか、とにかく妻子はなにか有ったと思え、蒼然《そうぜん》たる感じにうたれ、帰って机に向い、日記をひろげたところへきよえが戻った。駒込から裏通りで帰ったという、万才だった。

敵はいよいよ都市爆撃を始めた。今後しばしば繰返すことであろう、工場地帯以外にも危険は加重される。再《ふた》たび生死関頭《かんとう》に立つわけだ。しっかり頑張らなくてはなるまい。

一月二十八日

午前九時頃か、突然対空射が始まったので出る、頭上やや西方上空に砲煙がポカポカと浮く。隣組の人たちが出ているので「破片が危ないぞ」と叫び鉄兜《てつかぶと》を冠って出直す、敵は西北へ廻り、砲煙を尻目に旋回する、――このときようやく警報、敵は悠々西進、西南進して去った。終って北園へ本を届けていると警報、すぐ帰って来ると、一機が西方から南部へ入り、都の北方を東北方へ廻って去った。約三十分、省児が来て、間もなく北園来る。

最も純粋なる日本、万邦無比なる美しき日本をうち建てるために、われらはいちばん日本民族の誇るべき成長のために努力しよう。

夕食のとき一盞、訓練はやめにした。午后十時前警報、静岡地区から一機侵入都の北方で投弾退去、対空射みな遠し。執拗なる偵察である。昼間のは昨日の効果を見に来たのであろう、夜間のものは防空力偵察と思える、この二つのものから近くなにか又あるに違いない。本格的な無差別爆撃が始まり、都を区域的に端から叩くことが開始されると思う。——これを只《ただ》じっと歯をくいしばって待っているわけである。あっぱれなり日本人よ。

夜半一時四度警報、例のコースを通り投弾して退去。——独り酒を温めて「美藤」を読む、戸外は寒風がヒョウヒョウと嘯《ふ》いている、寒月は冴えに冴え、人の声なし、裏の貨物線を汽車の通る音がしている、あの音に「問う者」の感謝を捧げて旬日、今やわれにその感が薄い、生も死も大事でなくなったこの寂莫《じゃくまく》こそ忘れてはなるまい。凩しきりに窓を叩く、酒いよいよ密かなり。

一月二十九日

午前三時頃警報、酒を終って寝ようとしていたところであった。敵は静岡地区へ近接したが、本土へは侵入せず、伊豆島《ママ》へ投弾して退去した、（これは編隊なりしと）寝たのは四時すぎ。――十一時起床、食事をして間もなく義雄がヴァン・ヴランシュ*を四リトル持って来る、吾、直にこれを啜りつつ二十五枚まで。夕食したが、これから訓練である。――

*白ワイン。

二月一日

敵の無差別爆撃は熾烈《しれつ》を加えてきた。生死関頭の生活が再たび眼前に迫って来たのである。二十八日の夜九時の投弾は団子坂から道灌山《どうかんやま》へかけてあり、かなり被害があったようだ、土生《はぶ》の家なども震動で驚いたと手紙があった。我々は向後みんな「いつ死んでもよい」覚悟をきめなくてはなるまい。

「油断――」を書きはじめて二十日、ようやく二十五枚、筋の平板さにも依るが、心の緊張が緩んでいた証拠である、こんなことでは死に当面しているなどとは云えない筈だ、今夜はどうしてもあと二十五枚を脱稿しよう。午前十時婦倶の山口来る、茂木は雑誌次長になり宮本某が婦倶の編輯長になったそうである、相手が変ると当分仕事がしにくい、これもちょっと気懸りである、然し「条件に依って仕事をせず」と云うのが本当なら、そんな事は問題ではない筈だ。征服してやろう、——

森田草平氏から添へのハガキに「布川《ふかわ》へリュックを背負って買出しにゆく、病妻と病児を抱え（三子出征）て食糧難だ、政府では『まだ飢死をした者はない』と云っているが、病妻や子の飢死するのを見てはいられないから」とあったそうだ。——これが森田草平ともある人の言だ、ということを忘れてはならぬ。

去年の今頃だろう、自分は「乱離たる世中になった」と云った。それ以来一年、あらゆるものがガラガラと崩壊して来ている、もはや手のつけようはない、崩壊した物は捨てよう、次代の同胞に呼びかけるより他に救う道はない、生きてある限り、それを目標に仕事をするのだ、崩壊する物と共に、ひと思いに生きることを拒めたらそれもよい、死は今や避ける要のないものと考える。——いやいかん、自分がそんな弱音をあげてはいかん、生きるんだ、石に噛《かじ》りついても生きて、正しき日本、万邦無比の日本を再建するためにさいごまで努力しなければならぬ、なにくそ、こんなところで死んで堪《たま》るか、これからだぞ。

己が考えるよりも、もっと直接に、ぬきさしならぬ感じで、この戦局の瞬間瞬間を覚めている者があるだろう、その人には己が考えるような、「思考」のゆとりはなく、心臓へ針を打たれるが如く、一瞬ずつを息詰る思いで過しているに違いない、戦っていない人間も多いだろうが、己などが考え及ばぬほどじかに、血の滲《にじ》む戦いを戦っている者も多いに違いない。批判すれば幾らでも責むべき点はある、しかしできる限り戦っているということは事実だ。これが正しい戦である、ともかくも全智全能を尽しているのだ。己の仕事の目標が勝敗の彼方にあるということと、現在の戦との間に些かの隔りもないのである。ここに及んで勝つということは極めて難事と察せられるが、しかし勝たなければならぬ。それ以上に己の仕事は困難だ、その困難と闘って仕事を完遂してゆくことは並々ではない、そこを銘記してやらなければならぬ。

思うに、我らは実に生き甲斐のある時間を生きているではないか、平時ならそろそろ「生の倦怠《けんたい》」などと云いだす時分である。生活がアンニュイで堪らぬとか、仕事が無意味だとか、生存は無価値だとか、……そして酒に浸り売女に溺れて深刻がる年代である。四十前後の、そういうダルな数年を少なくとも「意義あり」

と信じて仕事をし、緊張した気持で生きて来た、殊に去秋からこっちは、一日が百日に匹敵するほど張詰めた生活が続いている、一日一時、その折々に命をうちこんで生きた。そしてなお明日のために為すべき仕事を持っている、わが「未墾の地」は彼方へ遠くひろびろと我が鍬《くわ》の下りるのを待っている。石井と土生との死以来、己を中心に巻きあがった情勢のなんと大きく深いことか、時には「己を消すべからざる存在にするために」これらの事態が呼起されたと考えることさえある。妄想することを許されるなら、母方の祖父が死ぬとき「三十六《さとむ》には是をやろう」と云って、宙からなにか摑んで呉れた。己はそれを「お祖父さんは宇宙を呉れた」とふざけて云ったことがある。この事実を現在に附会するほど自分を愚弄したくはない、しかし、過去の多くの体験はいつも己を成長させることに役立って来た。困難はいつも己を磨く役割をつとめた、好条件は必らず己を育てあげる力になった。十二年の地震[*1]がなかったら己はどうなっていたか、須磨[*2]へ行かなかったら、日本魂社[*3]へ入らなかったら、浦安を逃げずに済んだら、彦山の妹[*4]、ないしは福野などと結婚していたら、博文館の少年雑誌が刊行を続けていたら、子供たちが生れなかったら、……こう考えてみると、そして石井、土生の死んでからのスツルム・ウント・ドランク[*5]を冷静に思い返すと、いかにも巧みな糸が、己を大きくするために張りめぐらされているということを感ずる。己はこれらの事故に当面する毎に絶望し、苦しみ、呻吟した、「もうこれでいけない」そう思ったことが屢々《しばしば》である、いや数え切れないほどだろう。執筆している雑誌が廃刊になったと聞いたとき「どうしたらいいか」と夜半ひとり手に汗を握った。子供たちが生れるたびに「果して養ってゆけるか」と己の非力を思って暗然となった。金に窮して、それも僅かな金に窮して、どこにも入る当《あて》がなくて、「ああいっそ」と命を不要に思った瞬間もまざまざと記憶にある。しかし、その一つ一つが自分には運命の新らしい打開になって呉れた。——現在の刹那刹那を死に当面する生活、死を超越しようとして能《あた》わず、日々胸裡《きょうり》の煩悶と闘っているこの相は、これら過去折々の絶望や苦しさや呻吟と些さかも変ってはいない、寧ろ「眼前に死と直面」するこの実在感は、内容に於て幾百倍も己を磨き育てる要素をもっている、——国内の思潮が斯《か》くならなかったら、果して己の仕事が斯く早く世の認めるところと成り得ただろうか、己は斯くなることを予想して書きはしない、ということは、世間が斯くならなければ、己の才能は恐らくまだ埋れたままだったに違いない。嗤《わら》いたまえ、「或る至高のちからが、己の仕事を顕わし、己を大きくするために斯《かか》る状態をつくった」と云う。……こう考えることは己にとっては些さかも誇張や妄想ではない、過去の体験の累計が己に証明して呉れるのだ。己は「勝つ人間」である、「或る至高のちから」が己をみまもっていて、霜雪《そうせつ》の中を高い嶺《みね》へと導いているのだ、「勝つ人間」といっては当らない、「稀なる人」と云うべきだ。——己をその真の位置にあらしめるためには、斯くまで未曾有の還《ママ》境をつけら《ママ》なければならなかったとみてよい。エケホモ[*6]。

もう十一時過ぎたであろう、三十五枚まで書いた。林の家ではまだ話声がしている、夕景に広瀬の妻子が帰って来た、近江の田舎に暫らく滞在したが、うまくいかないようである。今日は曇天で外は闇だ、警報が出るとしたら、広瀬の妻子の待避が気毒である。少し空腹になってきた、もう少し書いて夜食にしよう。

夜食の箸を手にしたとき警報になる、午前一時、「中部より関東西南部へ侵入」という。広瀬がなかなか起きない、河原では妻女と赤子が病臥《びょうが》中である、佐藤も留守となって、相当に気が疲れる、広瀬を鮎沢の壕に入れ、さよえが河原の子供たちを抱いて壕へ入れる。雲の厚い空にうっすらと月明りがある、暖かい夜だ、「敵は相模湾上空を東南進」「敵は京浜地区に侵入することなく、東南へ退去しつつあり」そして三十分ほどで解除になった。——広瀬は此処《ここ》へ戻ることになった、足手まといであるが、出来るだけは世話をしなければなるまい。馴染だけに小川という未知の家族が来るより気が楽とも云える。やっぱり田舎はだめなのだ。——夜食を旨く食べた、あと十四枚ばかり朝までに書く。心理は安定している、この安定を持続してゆくことに努めよう、次ぎは「婦道記」をやる、また当分のあいだみっちり仕事だ、それが己の全部である。「しっかり周五郎」。

＊1　一九二三（大正十二）年九月一日の関東大震災。当時住み込んでいた質屋・山本周五郎商店が罹災し、関西へ赴いた。
＊2　震災後に滞在した、級友の姉の家が須磨にあった。翌一九二四年一月、東京へ戻る。この体験がデビュー作『須磨寺附近』となる。
＊3　一九二四年から二八（昭和三）年まで、雑誌「日本魂」編集部員として勤務した。
＊4　彦山光三。「日本魂」編集部の同僚で、後の相撲評論家。
＊5　Sturm und Drang　疾風怒濤と訳される、十八世紀末ドイツの文学運動。

二月二日

いま午前二時である、曇った空はついに霙《みぞれ》になった、近隣はすっかり寝鎮まっている、サラサラという霙の音が、しずかな夜半の戸外をとり巻いて聞える、風が少し出た、まるで吹雪の夜のように窓の戸がかたかたと音をたてる、久しぶりで「雪の夜」の感じだ、茶を喫してゆっくりとやろう。充実した豊かな感情である、いい夜だ……。

敵が無差別爆撃を始めたことに依って、「運命」というものが切実に感じられる。偶然と運命が生死の一線を導いてゆくようだ。己は今こそ「己の運命」に確信をもってよい、己を大きくし、仕事を完成せしめるために、「己の運命」はよく己をこの一線上に導いて呉れるだろう。選まれたる者はみな「己の運命」を確信する、それほど運命はかれの味方になるから、……味方になるのは「確信す

＊6　Ecce homo. ラテン語で「この人を見よ」。新約聖書「ヨハネによる福音書」（十九章四—五節）で、茨の冠を被ったイエスを前に、ピラトが民衆に言う言葉。

る」からかも知れない、己は己の大きい運命のたしかさを確信する、あとは努力だ。すべてをうちこんだ努力がその後を裏付けるのだ。仕事だ。

もう三時を過ぎたろうか、霙がすっかり雨になり、かなりはげしく降りしきっている、風も強くなった。今夜は婦女子たちを待避させずに済ましたい。もう少しで定時間が過ぎるから、それまで警報のないようにしたい。――三十九枚まで書いた、あと十枚である。

夜明け前、雨はまた雪になって、朝明けにはかなり積った、今もなお降りしきっている、出勤時の騒がしさも聞えず、硝子戸がひっそりと音を立てるばかりだ。四十三枚まで来てかなり疲れている、思うように主題が燃えないため、ずいぶん書き直してなおうまく据わらない、僅か四枚に三四時間を費したわけである、朝食をしてひと眠りするほうがいいだろう、少し頭を転換する要がありそうだ。――徹は雪で大よろこびである。九時頃に寝たが、うとうとしたのみで睡《ねむ》れない、頭では絶えず原稿を書いている、ついに起きて昼食し、机に向った、四十二枚から書直しである。

午后八時警報、雪のぬかるみで待避が気毒だ。一機が静岡地区から侵入、わが頭上へ来た、約七十度の角度で照空灯に捕捉され、対空射が始まる、広瀬の待避が遅い、頼子を壕へ投入れるようにして己も入壕、敵機は正に頭上を北進、射撃が烈しく火閃がしきりである、——些さか呼吸がふるえた、——（然し不安ではない）敵は関東東部でしばらくうろうろし、投弾（爆）の後退去、八時半である。頼子を壕から家へ運ぶ、重たくてちょっと閉口である、これからいつもこの役を引受けるのであろう、相当めんどう臭い仕事だ。

二月三日

ヒロポンのために、一日から今朝まで不眠であった。今日は午前九時頃から午后二時まで寝たが、まだハッキリしない、不眠でやっても必ずしも仕事のはかはいかぬもので、昨晩からゆき詰っていたトコロがとうとう打開できなかった。今ようやく緒口をみつけてホッとしている、これからは「寄せ」だから一気にゆくだろう。昨日来る筈の風間が今日も来ない、それで幾らか気持も楽である、——少し眠いが、これからやってしまおう。晴れたり曇ったりで風が強く寒い。

日本人にとって死が「滅亡」でないことは尊い、極楽とか地獄とか、或は天国などという概念を、すなおに受容れる者もあるが、概念として「そうか」と思うだけで、仏教国民や基徳教《キリスト》国民の如く骨肉とは成らない、死に対する考方はかれらと根本的に違う、理論的に自覚するせぬの差はあっても、「死が祖先の系列に入る」ことだという信念は血となって全日本人を繋いでいる。日本人にとって死が恐怖（異邦人のようには）でないのは、この一点が先天的信念となっているからだ。――或はこれを蒙昧《もうまい》と云うかも知れない、しかし「生命」に就て科学的に検討し来った異邦人が、今なお宗教に頼らざるを得ないのはどうか。現世を「苦の世界」とし、死後に「安楽」ありとする思想は外来宗教の移入したもので、本来の日本人はそういう区別をもっていなかった。寧ろ現世と来世とは相交流するものとさえ考えられていた、これは死に依って「氏族の系列に入る」つまり生命の一つの飛躍だという信念から発したものと解していいだろう。「不惜身命《ふしゃくしんみょう》」は生活から生れたものではなく、日本人の生命がもっているものだ、死を「死」とせざる者でなくてはこの生き方はわからない、日本が万邦無比であることの根本はここにあるのだ。――まことに日本人の死に対する考え方は尊いものである。

午后九時過ぎ、或は十時をまわったかも知れない、四十九枚めまで来てホッとしている、「油断——」の内容が内容なので、書きながら煙管《キセル》で刻み莨《たばこ》を喫《す》うかたちはなんとも老人臭く思えて自分ながら可笑《おかし》い、もっと若わかしいもの書きたいと思う。そうだ、「富士」へはその「若わかしい」ものを書こう。——午前一時を過ぎた、五十二枚まで来たが、結びになるので明日にする、眠れるかどうかわからないが横になる。心理は平安である。哨戒機の音しきりである。

二月四日

三時まで聞いた、それから眠ったらしい、覚めたのは午前九時であった。朝食して仕事、間もなく省児来る、次いで風間が来る、二人を前にして書く、省児帰る、終ったのが午后四時、石井が来ているのに挨拶だけして置いて真一と出、西村で酒、葡萄割りて啜りつつ棋一番、勝つ、帰って麦一本で食事、真一は星の下を自転車で帰っていった。「ゆだん大敵」終る、五十七枚。

この日記帖を終る。

監修の言葉——『山本周五郎 戦中日記』について

竹添敦子

山本周五郎は『樅《もみ》ノ木は残った』『赤ひげ診療譚』『さぶ』『ながい坂』といった戦後の作品で知られているが、「良い小説を書くこと」にすべてを賭けていたこともあり、エッセイや対談は比較的少ない。また、作品の大部分が時代小説であることもてつだって、全集として刊行されたものも実際は作品集である。だから、周五郎に相当量の日記が遺っていることは、それほど知られていなかった。

周五郎が遺した日記は「わが為事《しごと》」と書かれた作品目録を含め、計十一冊である。これらのうち「吾が生活」と題された三冊は、没後しばらくして新潮社の『波』に連載(一九七〇年)された。現在「青べか日記」と称されているものがそれである。実際に採られたのは「吾が生活」の半分ほどで、周五郎の浦安時代の日記である。その後一九九七年から二〇〇一年にかけ、日記の未公開部分が『新潮45』に掲載された。ただ、不定期連載であったことと、縄田一男氏の解説に紙幅が割かれていたこともあって、完全な公開というわけではなかった。十一冊は新潮社の「金庫に眠っている」といわれ、「門外不出」と伝えられ、存在は半ば伝説化していた。新潮文庫の解説の多くを担当した故・木村久邇典氏でさえ「未公開」の壁を突き崩せなかったことは、氏の著作に明らかである。

十余年前、その日記が山梨県立文学館に展示された。ガラスケースの中にあるそれを恨めしく眺めたことを思い出す。ちょうど『陣中倶楽部』という陸軍恤《じゅっ》兵《ぺい》部の雑誌に周五郎の作品が五篇掲載されていることを発見したころで、これらを論文に使用する許可を頂くために、山梨の帰路、周五郎の御子息・清水徹氏にお目にかかった。そしてその場で、周五郎には未発見の作品がまだまだあると思われること、それを確認することで周五郎の全体像が明らかになること、そのためにはぜひとも日記か作品目録が必要なこと、それらを切々と訴えた。すると、コピーでよければお貸ししますよとあっさり承諾してくださった。清水氏宅に保管されていたそれは、新潮社が複写して届けたものだったらしい。天にも昇る気持ちでこれをお借りし、以後の研究を大いに進展させることができた。ただ、コピーの限界は感じた。平板なコピーではどうしても判読不能の文字があったのである。『新潮45』の連載は私がデータ化したものと大差なかった。しかし、部分的に、やはり原本からおこしたものとは違うと思わされる箇所もあり、原本の閲覧が叶うのをひたすら待った。「門外不出」が解けたのは、ひとえに清水氏のご尽力である。また、清水氏に公開の重要性をうったえ続けた本書の編集者・廣瀬暁子氏の働きかけも大きい。本書はその原本を使用して完成した。待った甲斐があったと思う。

本書は十一冊のうち、もっとも大部の日記帖に基づいている。これは一誠社製、茶色の布表紙のもので、相当な厚みがある。今回採録したのは、一九四一年十二月八日以降の部分、すなわち太平洋戦争開始の当日から足かけ五年、日付がとんでいるので実質三年余の日記である。ここには戦時下の日常が克明に記録されている。本書を『山本周五郎 戦中日記』としたのはそれゆえである。中でも一九四四年の十一月から日記の最末尾に至る部分には、鬼気迫るものがある。空襲日記とでも呼びたいような詳細な記述は、彼が作家であることを差し引いても、戦時下の生活記録として第一級の史料となろう。

日記の多くを占めるのは執筆の進み具合と来訪者、そして飲食の覚え書きである。しかし、一九四二年四月十八日、最初の空襲が記された。その日、周五郎は三度日記帖を開いた。そこからも、戦争を身近に意識した感情の昂ぶりが見てとれる。そして「初めて敵機を見た、恐怖を感じなかったと云っては嘘になる」と綴《つづ》った。日常の中にはっきりと戦争が飛び込んできた一日である。以降、戦局に比例して、戦争の記録は増えてゆく。知己の状況、近所や家族の状況も刻々変わり、出征や疎開、防空壕《ごう》の記述も増すのである。

一九四四年の十一月からは、日記の分量が急激に増えた。理由の一つに出版事情がある。多くの雑誌は統廃合され、割り当てられる頁数は激減していた。周五郎の執筆数も減っている。しかも作品はどれもきわめて短い。書くことが生きることでもあった作家にとって、反動のように日記の記述が増えるのはきわめて自然なことであったといえるだろう。

本書では一年ずつを章に区切り、その頭に「主な出来事」と「周五郎の周辺」を入れた。「周五郎の周辺」に挙げた作品は、日記から執筆の状況が見てとれるものを中心に選んだ。最初「石見湾」であったものが途中で「髪かざり」に変わるなど、日記の時点では題が定まっていなかったり、略称で書かれていたりするケースもあるが、本文と照らし合わせていただけると見当がつくと思う。また、故・木村久邇典氏による目録では漏れている事実（『陣中倶楽部』に発表された短篇など）も一部加えた。戦時期の周五郎の仕事の中心は、『婦人倶楽部』に連載中の「日本婦道記」シリーズであった。直木賞に推され、即座に辞退したことでも知られる作品である。講談社との関係が濃い時代であり、シリーズ唯一の現代もの「花の位置」執筆のいきさつも日記で明らかとなった。ただ、日記にある作品のうちいくつかは未発見である。戦争末期には郵便事情も出版事情も芳しくなく、掲載されないまま散逸した可能性が高い。

木村氏は多くの著作で周五郎の人物像を語ってこられた。実際の周五郎との付き合いは戦後であるが、木村氏独特の語り口によって、戦前の足跡まで含め周五郎のイメージが形成されてきたのは事実である。周五郎没後も多方面を探索しては埋もれていた作品を発掘し、年表や作品目録を作成するなどその貢献は大きい。しかし、日記を公刊するにあたって、一度木村氏が創りあげたイメージから離れてみる必要があるように感じた。

例えば周五郎夫人の名前である。木村氏によれば夫人はきよ𛀁であるが、日記帖にきよ𛀁の表記は一度も登場しない。周五郎にとって夫人は終始きよえだったようなのだ。この点に私は長くひっかかりを感じていた。戸籍簿にある手書きの𛀁は以のくずし字ではなく、江のくずし字ではないかと疑ったのである。これは、初期のペンネームに夫人の旧姓を用いた土生清江（「強襲血河を越えて」一九三三年一月『少年少女譚海』所収）を発見したことで確信に変わった。清水氏にも二度、三度と確かめた。結果、本書では日記帖のとおり「きよえ」として再現することとした。そのきよえ夫人は一九四五年、この日記帖が終わったころに発病し、五月に亡くなっている。これまであまり紹介されていないきよえ夫人の様子が、本書で明らかになったとすれば幸いである。

戦後再婚したきん夫人は近所の吉村家から嫁いでこられたが、結婚前はそれほど周

五郎とことばを交わしたことがないと思っていた。小説家という仕事にはあまり関心

のない方だというイメージもあった。しかし、日記には「吉村の姉が『婦道記』の話

をしかける、仕事のことに及ぶ」（四五年正月五日）と書かれていた。思いがけない

発見であり、きん夫人のイメージが大きく覆ったのである。

日記は正直である。きよえ夫人への愛、子どもたちへのあふれる思い、長女の病気と次男出産が重なった大変な一日、御近所のもめごとへの対処や隣保班長としての奮闘、それらが真剣に、あるいはユーモラスに綴られる。鉄兜《てつかぶと》をかぶって玄関先で執筆する厳しい作家の像だけではない、夫・周五郎、父・周五郎の姿がまっすぐに伝わってくる。そしてその家族への思いは、空襲下、生きる意味を模索し、書くことの意味を問い直すなかでより強固なものとなっていくのである。「妻子のために生残りたい」（四四年十二月十九日）と考え、一方で「己の妻子だけを案ずる独善観」（同年十二月二十四日）に揺れ、「己は仕事をするほかにない」（四五年一月九日）「よき仕事を一枚でも多く書き遺さなくてはならぬ」（同）という心境に到達する。仕事に意識を向けることで死の恐怖を克服しようとするのである。そう考えると、この日記が一九四五年二月で終わっているのは実に暗示的である。この後三月には東京大空襲がある。長男は行方不明となる。まだ三十代の夫人が病臥《びょうが》し、二か月で亡くなる。もし日記帖に余白があったとしたら、彼はそれらをどう記述しただろうか。日記帖が終わっ

ていたことはむしろ救いであったのかもしれないと思う。

本書刊行の意味をもう一度考えておきたい。本来他人に見せる予定ではない日記を刊行することにためらいがなかったわけではない。しかし、周五郎が日ごと高まる死の恐怖の中で書き続けた事実を世に問いたいと思った。これを通読すれば戦時期の作品の読み方が変わる。そして、周五郎の素の姿が見える。そこをこそ明らかにすべきだと感じた。たしかに思いがけないことは多い。翼賛選挙で国家主義者の津久井龍雄に投票したことはその最たるものである（四二年四月三十日）。これまで私が探索し、発見した周五郎の言動には、政治や戦争から節度ある距離を保っているものが多かった。一九四四年四月、『文学報国』の「勤労精神の昂揚に就いて」というアンケートに、「小生としては自分の書くものに依って幾らかでもその方面に役立つというよりほかに格別方策はございません」と答えたこと、同年六月の栗原悦蔵海軍報道部長との対談（『婦人倶楽部』「妻の戦争・母の戦争」）でのらりくらりと相手の誘導をかわしたことなどがそれである。だからこそ津久井への投票に驚いた。しかし、翼賛選挙は一九四二年のことであり、その後の二年で周五郎の意識が明確に変化したこともわかったのである。

採録にあたっての余話を紹介しておく。周五郎は終生旧仮名づかいの人であった。当然日記も旧仮名や旧漢字で書かれている。当初は旧字・旧仮名づかいでパソコンに打ち込んでみたのだが、刊行にあたって新漢字・新仮名づかいに改めた。また日付の記載は一貫しておらず、誤りもいくつかあった。読みやすさを優先してそれらは統一することにした。日記には交友関係がたっぷり書かれているので、主な人名には註を入れたが、隣人や本の著者など特に註の必要がない場合は付していない。文字の判読など、校正者の高瀬陽子氏のサポートがなければ本書の刊行は困難を極めたはずである。

最後に、御家族のプライバシーに及ぶことがらにもかかわらず、正しい山本周五郎像を明らかにすることの意義を理解され、公刊までの長い日々を静かに見まもってくださった清水徹氏に、この場を借りてあらためて敬意を表したい。

（たけぞえ・あつこ／三重短期大学教授）

エッセイ――「曲軒」も若かった

関川夏央

山本周五郎には「おじいさん」のイメージがある。晩年に近い写真ばかりが流布しているためだが、もともとポートレートが少ないのである。写真嫌いのわけを、本人は「女性読者を失いたくないからだ」といっていた。

山本周五郎の異名は「曲軒《きょくけん》」であった。「へそ曲がり」である。命名は、同じ馬込《まごめ》住まいの尾崎士郎で、周五郎自身はあえて迷惑そうな表情をつくったものの、大先輩の滝沢馬琴が「曲亭」と号したから腹の底では「いくらかほくそえむという感じ」であった。世界最初の大伝奇小説『南総里見八犬伝』で雄大無比の想像力を誇った馬琴だが、実生活ではおそろしく偏屈、かつ吝嗇《りんしょく》な男であった。

『戦中日記』一九四二年四月十八日の項に周五郎は書いている。

「午后〇時三十分頃空襲警報発令。一時三十分頃、東方にて高射砲鳴りだす。見ると、五、七百米《メートル》ほどの高度で黄褐色に塗りたる双発爆撃機が来た」

それは、太平洋上の空母ホーネットから発進したドゥリットル中佐指揮のB25米陸軍中型爆撃機の編隊であった。十三機が北東から侵入して、尾久《おぐ》、早稲田、大井を東京初空襲し、三十九名の死者を出した。当時開成中学三年生の吉村昭は、日暮里《にっぽり》の自宅の物干し台にいて、尾久の方から超低空を迫ってくる爆撃機のパイロットと目が合ったという。航路から推定すると、それはドゥリットル隊長機であった。

十二時十分、爆撃開始。だが空襲警報は周五郎の書くごとく、ようやく十二時半に発令された。「九機撃墜、我が方の損害軽微」と東部軍司令部は発表したが、実際には一機も撃墜していない。

東京を襲った十三機と名古屋・神戸を爆撃した三機は大陸に向かい、ほとんどが浙《せっ》江《こう》省に着陸した。強行着陸の際に五人が死亡、八人が日本軍の捕虜となった。最終的に搭乗八十人のうち七十一人が生還した。

このとき山本周五郎は三十八歳、十歳をかしらに八歳、六歳と三人の子持ちで、翌昭和十八年三月には、末の男の子を得る。改めて思うのは、周五郎にも若い時代があったということだ。

その昭和十八年、周五郎は『日本婦道記』で直木賞に推されたが辞退する。「曲軒」の面目躍如ともいえるが、周五郎には、直木三十五の名前を冠した賞のごとき、第一回受賞者にして選考委員の川口松太郎ごとき、そんな軽侮の念があったのだろうと思う。

戦後のことだが、周五郎は二葉亭四迷の原稿料催促の書簡を表装して編集者と面会する部屋に掲げ、前払いか稿料引換えでなければ原稿を渡さなかった。編集者の態度が気に入らないと、持参した稿料を相手の面前で焼き捨てたことがあった。送られてくる雑誌や本には「恵送謝絶」の付箋をつけて返送した。

周五郎は烈《はげ》しさを増す空襲下にも東京を離れなかった。横浜・本牧《ほんもく》あたりの借家をきよえ夫人に見に行かせたりもしたが、結局、馬込にとどまった。報道班員となって外地をめぐるよう軍から強く慫慂《しょうよう》されても言を左右にして応じなかった周五郎だから、やはり「さすが曲軒」と評されたが、『戦中日記』を読む限り、防空班長としての責任感が彼をとどまらせたようである。

『戦中日記』四四年三月十九日の項に、〈二十一日「玉川の会」〉と見える。満十二歳の清水三十六《さとむ》少年（周五郎）が一九一六（大正五）年、上京して奉公した木挽町《こびきちょう》の大きな質屋「きねや」の店員同窓会である。

零細な客をいじめず、それでいて経営を安定させる手腕を持った「きねや」店主は、店員たちが夜学に通うことを奨励し、店内には回覧雑誌まであった。関東大震災まで七年余り勤めた店主の名前山本周五郎を、清水三十六はそのまま自分の筆名としたのである。店主・山本周五郎は亡くなっていたが、多摩川近くに引き移った山本家での集まりは長く続いていた。

四五年五月、きよえ夫人は膵臓《すいぞう》がんで亡くなる。しかし、その年の二月までしるされた『戦中日記』に、その予兆の記述は「胃痛」のみである。病はまさに驀進《ばくしん》した。空襲のさなかの時期、周五郎は本棚をほどいて亡妻の棺をつくり、遺体を自分で火葬場まで運んだ。

翌四六年一月、周五郎は再婚する。

後妻となったきん夫人は本郷に住んでいた錺《かざり》職人の娘だが、銀行員だった兄が二八年の共産党員一斉検挙で逮捕され、釈放後も要注意人物となったので本郷に居づらくなって、一家で馬込に転居したのである。そのため婚期を逸していた彼女だが、前妻が病臥《びょうが》したとき乳飲み子を含む子ども四人の山本家の面倒を何くれとなく見て、前妻没後、ごく自然にいっしょになった。再婚すると周五郎は横浜・本牧に転居したので、このときも、戦争が終ってから疎開したとは「曲軒」の面目躍如、と評された。

前妻は『日本婦道記』のモデルとなるような忍従の人であったが、きんは都会的な明るい女性で、私たちが知る周五郎の小説世界、とくに「市井もの」に大きな影響をおよぼした。

再婚したその年に周五郎は『柳橋物語』を書き、のちに比較文学の泰斗・島田謹二をして「〝可愛い女〟を描いて、山本周五郎はチェホフにまさる」と讃嘆せしめた。

『戦中日記』からは、その転機以前の周五郎の肉声が聞こえる。それは「曲軒」というより、戦争に翻弄される真面目な生活者の声であった。

（せきかわ・なつお／作家）

＊本書には今日の人権意識からみて不適切と思われる表現が含まれている箇所もありますが、日記の書かれた時代背景、および著者（故人）が差別助長の意図で使用していないことを考慮し、すべて元の表記のままとしました。

Haruki Bunko
ハルキ文庫

や7-10

山《やま》本《もと》周《しゅう》五《ご》郎《ろう》 戦《せん》中《ちゅう》日《にっ》記《き》

著者　山《やま》本《もと》周《しゅう》五《ご》郎《ろう》

2014年5月18日第一刷発行

発行者　角川春樹

発行所　株式会社角川春樹事務所
〒102-0074 東京都千代田区九段南2-1-30 イタリア文化会館

電話　03(3263)5247(編集)
03(3263)5881(営業)

印刷・製本　中央精版印刷株式会社

フォーマット・デザイン　芦澤泰偉
表紙イラストレーション　門坂 流

ISBN978-4-7584-3825-4 C0195 ©2014 Toru Shimizu Printed in Japan
http://www.kadokawaharuki.co.jp/[営業]
fanmail@kadokawaharuki.co.jp[編集]　ご意見・ご感想をお寄せください。

時代小説文庫

山本周五郎
かあちゃん

文庫オリジナル

私も周五郎作品を読み返す度、失ったものを取り戻すような気持ちになる。それはかつての日本の風景であり、人の情であり、親から伝えられた仕来りであり、恥を感じる心でもある（宇江佐真理・巻末エッセイより）。女手ひとつで五人の子供を育てているお勝と、その家に入った泥棒との心の通い合いを描いた表題作をはじめ、山本周五郎が、人間の〝善なる心〟をテーマに遺した作品から、全五篇を厳選。文庫オリジナル。

（エッセイ・宇江佐真理、編／解説・竹添敦子）

山本周五郎
雨あがる

文庫オリジナル

映画の原作にもなり、貧しいながらも心優しい人々のお互いを信じ合う姿が深い感動をよぶ表題作「雨あがる」、その続編「雪の上の霜」、侍という生き方よりも人間らしい生き方を選ぶ主人公を描き、著者の曲軒ぶりがいかんなく発揮されている「よじょう」など、武家ものを中心とした名作全五篇を収載。生きにくい時代だからこそ浮かび上がってくる、〝人間の人間らしさ〟を描き続けた昭和の文豪・山本周五郎の魅力が光る、オリジナル名作短篇集。

（エッセイ・児玉清、編／解説・竹添敦子）